KB112729

뒤집어 본 행복

뒤집어 본 행복

발행일 2020년 3월 13일

지은이 신 준
펴낸이 손형국
펴낸곳 (주)북랩
편집인 선일영 편집 강대건, 최예은, 최승헌, 김경무, 이예지
디자인 이현수, 한수희, 김민하, 김윤주, 허지혜 제작 박기성, 황동현, 구성우, 장홍석
마케팅 김회란, 박진관, 조하라, 장은별
출판등록 2004. 12. 1(제2012-000051호)
주소 서울특별시 금천구 가산디지털 1로 168, 우림라이온스밸리 B동 B113~114호, C동 B101호
홈페이지 www.book.co.kr
전화번호 (02)2026-5777 팩스 (02)2026-5747

ISBN 979-11-6539-115-7 03810 (종이책) 979-11-6539-116-4 05810 (전자책)

이 도서의 국립중앙도서관 출판예정도서목록(CIP)은 서지정보유통지원시스템 홈페이지(http://seoji.nl.go.kr)와 국가자료공동목록시스템(http://www.nl.go.kr/kolisnet)에서 이용하실 수 있습니다.
(CIP제어번호: 2020010853)

뒤집어 본 행복

행복은 거창한 것이 아니다. 남과 비교하지 않고,
거짓말과 진실을 분별할 줄 알며,
좋은 벗을 가까이 두는 것만으로도 행복해질 수 있다!
행복 전도사가 알려주는, 행복에 이르는 가장 빠른 방법.

신 준 지음

북랩 book Lab

책머리에

사람은 누군가의 자식으로 태어나 길들여진 채로 성장하여 저마다의 행복을 좇아 살다가 떠난다.

그렇게 각자의 행복을 좇다가 서로 부딪치면서 상처를 주고받으며 희로애락을 느끼게 된다.

그러다 떠날 때는 대부분 왜 그리도 여유 없이 살았는지 후회하게 된다.

더러는 떠날 때까지 후회조차 느끼지 못하고 가는 이들도 있다. 그런 이들은 떠난 후에 원성을 사기도 한다.

그것은 아마도 자신에게 맞는 행복이 무엇인지도 모르며 살았기 때문일 것이다. 또한, 자신이 알았던 행복이 잘못된 것임을 모르고 살았거나, 자신이 갖고 있었던 행복에 대한 생각이 어린 시절 부모나 주변 환경으로부터 길들여진 것이라는 사실을 몰랐기 때문이 아닐까.

현재 50대 이상의 세대들은 그런 영향이 지배적이었지만, 그보다 젊은 층일수록 행복의 개념도 바뀌고 있다. 예를 들어, 예전에는 일정 나이가 되면 대학 가서 졸업 후 취업하고 결혼해서 애 낳고 집 장만하며 사는 것이 보편적인 행복의 모습이었다면, 현대에는 대학을 가지 않거나 취업하지 않아도, 결혼하지 않아도, 집이 없어도 현재에 만족하며 행복하게 살아가고 있는 젊은 층들이 많아지고 있는 것이다.

그들은 꼭 대학을 가지 않아도 전문분야에서 자신만의 방법으로 돈을 벌 수 있고, 결혼하지 않고도 동거하며 사랑하며 살아갈 수 있으며, 내 집이 아닌 곳에서 전/월세를 살면서도 차량을 렌트하여 현재 생활을 각자의 여건에 맞게 여유롭게 살아가고 있다.

그런 모습을 보며 어쩌면 젊은이들이 기성세대들보다는 좀 더 행복하게 살고 있는 듯하여 행복에 관한 생각을 되짚어 보려 한다.

사람의 인생은 누구에게나 한 번뿐이고 다시 돌아오지 않는다.

그러니 행복하게 살다 가야 하는데 왜 그리도 아귀다툼하며 사는 이들이 적지 않은지, 이해가 되지 않는다.

아마도 그것은 행복에 대한 잘못된 이해에서 오는 것이리라.

그래서 모든 이가 행복하게 살아갈 수 있도록 진정 행복이 무엇인지, 그에 대한 생각이 어떻게 바뀌고 있는지에 대해 알아보고, 사람의 일생을 돌아보아 길들여진 채로 체험하며 변하는 행복의 모습을 살펴본 후 행복에 대한 기존의 관점을 뒤집어 보아 행복하게 살아가기 위한 방법들을 생각해 보았다.

차례

제3부 뒤집어 볼 것들

제4부 행복하게 살아가기

행복의 재발견

행복이 뭔지도 모르고 그저 남 따라 세속적인 것을 좇아서 살다가 갈수록 실패하면서 허무함만 가득한 채로 떠나는 이들이 적지 않다.

행복이 무엇인지를 분명히 알고 자신에게 맞는 삶을 살아야 행복하게 살아갈 수 있지 않을까.

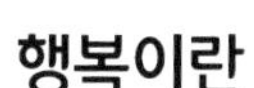

행복이란

행복이란 자신의 삶에 대한 만족과 기쁨이 충만한 상태를 의미한다.

그런데 많은 사람이 행복이 돈이나 사회적 지위에 따라 좌우되는 줄 알고 있다.

과연 돈이 많거나 높은 지위에 오른 이들이 행복할까?

돈을 많이 벌기 위해 아등바등 살아왔고, 그 돈을 지키기 위해 많은 걱정을 하고 있다면 오히려 행복보다는 불행이 더 큰 것 아닐까.

높은 지위에 오르기 위해 수단과 방법을 가리지 않았던 위정자들의 불행한 말로를 보고도 그들이 행복했다고 생각할 수 있겠는가.

이렇듯 행복이 뭔지도 모르고 세속적인 것에만 집착하며 살다 보면 말년에는 허무함만 남은 채 생을 마감하게 되는 것이다

따라서 행복하게 살아간다는 것은 자신의 현실에 대한 만족과

기쁨을 가진 상태라 할 것이다. 그러므로 우리는 세속적인 시각으로 행복의 크기를 단정할 것이 아니라 각자 자신의 상황에 맞는 행복을 찾아 살아간다면 그 과정들이 모두 행복하지 않을까.

그러기 위해서는 먼저 자신이 처한 환경과 자신의 정체가 무엇인지를 제대로 알아야 자신에게 맞는 행복을 좇아 살아갈 수 있을 것이다.

현재 자유민주주의 체제하에 사는 우리는 각자의 능력과 선택에 따라 살아갈 수 있다. 그래서 자신의 행복도 자신만이 제대로 누리며 살아갈 수 있음에도 길들여진 세속적인 잣대로 남들과 비교하며 불행하게 살아가고 있는 것은 아닐까.

초등학교 5학년 때 갑자기 떠난 어머니를 그리워하며 화목한 가정에 대한 미련을 갖던 나는 인생 60년이 되어가며 그것이 나에게 맞지 않았던 행복임을 알게 되었다. 그러자 그래도 어머니와 함께한 짧은 10년의 시간들이 나 자신의 인생에 커다란 사랑의 버팀목이 되었던 것에 대해서 감사한 마음이 들기 시작했다.

이제 조금씩 내게 주어진 행복이 보이기 시작했기 때문인가.

행복의 기준

행복하지 못한 가장 큰 이유는 자신의 능력으로 얻어질 수 없는 것에 대한 미련을 내려놓지 못하기 때문일 것이다.

자신이 누구의 자식으로 태어났다는 환경과 정체를 모르고 길들여진 대로 자신에게 맞지 않는 행복을 추구하며 살아가기 때문이다.

경제적인 측면만 볼 때, 대기업 일가의 후손으로 자란 이들이 보편적인 화목한 가정을 꾸리며 살아가기는 쉽지 않은 것이며, 가난한 가정에서 대기업의 후손으로 살아간다는 것도 그 후손과의 결혼 관계로 잠깐은 가능해 보여도 결국 오래가지 못하고 이혼하게 되는 사례를 자주 볼 수 있다.

이런 경우는 권력가와 재계 총수 집안, 재계 총수 간의 결혼에서도 자주 일어나고 있다.

현재 60대 이상의 세대는 부모에게 길들여진 대로 결혼해서 사는 것이 순리라고 생각하고 살아왔지만, 50대 이하에서는 맞지 않는 배우자와 사는 것이 가장 큰 불행임을 인식하게 되어 자신에게 맞는 삶을 살아가고자 이혼과 재혼을 하게 되는 것이다.

더 이상 남의 이목 때문에 자신의 삶을 희생할 필요가 없는 세상이 되었기에.

그런 것을 보면 돈이나 권력이 많을수록 행복이 비례하는 것은 아님을 알 수 있다. 그런데도 많은 이가 아직도 돈과 권력을 좇고 있다. 정치판에서의 모습은 유권자의 내면 수준이 도출되는 것이니 선출된 위정자의 수준을 보면 아직도 많은 사람이 그런 세속적인 굴레에서 벗어나지 못하고 있음을 알 수 있다.

행복하게 살아가기 위해서는 자신에게 맞는 행복을 택해야 한다.

기업 총수의 2세로서 기업의 경영을 맡으려면 그런 능력과 사명감을 우선하여 살아가야 하고, 아울러 배우자도 그런 상황에서 함께할 수 있는 사람을 선택해야 할 것이다. 그런데 총수의 자식이라고 무조건 총수의 자리에 오르게 하려고 하니 많은 기업에서 비리와 모순이 나타나게 되는 것이다.

권력을 행사하는 지위에 오르려고 하는 자들도 마찬가지인데 이들이 기업 총수 일가와 결탁하여 권력을 잡은 경우 정경유착은 계속되는 것이다.

그런 경우들은 정권이 바뀌어도 계속 반복되고 있다. 아마도 앞으로 20년 정도는 계속될 것 같다. 그런 그들의 모습에 많은 서민이 화를 내고 있다.

어떤 경우는 순진한 서민들을 선동하는 경우도 많이 나타나고 있다. 그 또한 나라의 현실이니 그냥 내버려 두는 수밖에는 없다. 서민들이 할 수 있는 것은 자신에게 주어진 한 표를 제대로 행사하는 것밖에 없다는 것을 깨닫고 자신의 도리만 제대로 하면 된다는 생각만 하고서.

여기서 행복의 기준은 무엇일까 하는 생각을 해 본다.

자신이 만족하는 기쁨을 누리려면 가치 있는 목적과 실천 가능한 목표를 제대로 설정해야 한다.

자유민주주의 국가에 살면서 자기 사업으로 성공하여 많은 사람에게 도움을 주며 살아가겠다면 돈을 버는 과정이나 돈을 번 후의 삶이 행복할 수 있을 것이다.

반대로 무조건 돈을 많이 벌어 떵떵거리며 살겠다는 생각으로만 살아간다면, 돈을 버는 과정에서 많은 사람에게 상처를 주게 되고, 돈을 벌어서도 자신이 돈 버는 과정에서 받았던 상처를 되풀이하며 자신의 부를 지키는 데만 급급하며 살아가게 되는 것이다.

따라서 행복하게 살아간다는 것은 태어나면서 주어진 경제적 여건에서 자신의 특성을 알고 그에 맞는 삶을 살아가는 게 아닐까 싶다.

가난하지만 시골에서 농사를 지으면서 보람을 느끼며 사는 것, 작은 식당에서 음식을 정성껏 만들어 양심적인 가격으로 판매하며 보람을 느끼는 것, 공직에 근무하며 권력에 기생하기보다는 국민을 위한 행정을 추구하며 보람을 느끼는 것, 가수를 하면서 자신의 노래를 통해 행복을 느끼는 관객이 있음에 보람을 느끼는 것 등.

행복의 기준은 객관적인 것이 아니라 주관적인 것이다.

남과 비교할 필요도 없이 자신이 하고 싶고 할 수 있는 것을 하면서 주변 사람들에게 조금이라도 도움이 되는 것이라면 충분하지 않은가.

행복의 유형

눈에 보이지 않는 행복을 어떻게 만족하고 느낄 것인가?

사람들이 행복을 돈과 권력에 비례하는 것으로 착각하는 이유는 돈이 많아서 대궐 같은 집에 가사도우미를 두고 기사를 시키고 좋은 차를 타고 다니며 행세하면 그것을 행복으로 알고 쫓아다니는 군중들이 많기 때문일 것이다.

그러나 왕조가 아닌 현대에서 그런 행복이 죽을 때까지 지속되는 경우는 없다. 그런데도 그런 착각을 하는 사람들이 적지 않은 것은 아마도 왕조 시대의 잔재가 남아있기 때문일 것이다.

그런 가운데도 점차 현재의 행복을 위해 시골에서 전원생활을 하며 소박하게 살아가는 사람들이 늘어가고 있고, 그 연령대도 젊어지고 있다. 그런 모습을 보니 그래도 갈수록 현명한 사람들이 늘어가는 것 같아 마음이 편안해진다.

행복이란 사람 간에 사랑을 주고받으며 사는 것이기 때문이 아닐까.

정신적인 행복과 육체적인 행복은 어떻게 구분할 수 있는가?

정신적인 행복이란 사랑을 주거나 받을 때 느끼는 것이고, 육체적인 행복은 육체적인 고통에서 벗어나 편안한 상태를 느끼거나 성적인 쾌감을 느끼는 경우라 할 것이다.

과거 못살던 시대에는 육체적인 고통에서 벗어나는 것이 행복의 첫 번째 요건이었다. 잘 곳이 변변치 않았고 먹을거리가 부족하던 시절에는 따뜻하게 잘 수 있고 삼시 세끼를 제때 먹을 수 있으면 행복했던 것이다. 현재 북한 동포들이 그러하듯이.

그러나 현대는 그런 육체적 고통에서는 거의 벗어났기에 이제는 육체적 쾌감을 행복이라 여기며 좇는 사람들이 많아졌다. 그래서 성 접대 업소가 성행하게 되고 마약을 즐기는 이들이 늘어나고 있다. 그렇지만 그런 육체적 쾌감은 정신적 행복이 될 수가 없기에 정신과 육체가 피폐해지고 불법행위에 따른 사회적 지탄을 받게 되고 만다.

육체적 행복을 추구하는 이들은 아마도 정신적 사랑을 제대로 알지 못하며 살아왔기 때문은 아닐까. 누군가가 자신을 사랑한다는 것을 느낀 적이 있다면 누군가를 제대로 사랑할 수 있는데, 가슴으로 느끼지 못했기 때문에 육체적 쾌감이 행복의 전부인 것으로 착각하며 살아왔기 때문이리라.

순간적인 행복과 지속적인 행복을 함께 추구할 수 있는가?

순간적인 행복이란 순간에 사라질 수 있는 행복이니 이후에는 오히려 불행한 순간이 더 많아질 수 있고, 지속되는 행복은 오래도록 느껴지는 행복이나 과정이 즐겁지 않으면 불행한 것 아닐까.

그래서 어떻게 하면 살아가면서 늘 행복할 수 있는지에 대해 생각해 보았다.

돈을 벌어 자신만을 위해 원하는 대로 쓴 경우 돈을 버는 과정이나 쓰는 과정에서 나름대로 행복을 느낄 수 있을 것이다. 그러나 그런 행복은 오래가지 않는다. 왜냐하면 사람은 사람 간에 주고받는 사회적 관계에서 더 많은 행복을 느끼게 되기 때문이다.

그렇기에 돈을 벌어 내 가족을 위해, 나아가서는 주변의 어려운 이들에게 썼다면 그 고마움이 전달되어 되돌아오는 행복을 더 오래도록 느낄 수 있을 것이다. 그렇게 사랑을 베풀며 사는 것이 지속적인 행복이라 할 것이다.

그런데 아직도 많은 사람이 자기 혼자만의 순간적인 행복 위주로 살아가고 있다. 그래서 사람과의 관계보다 자기중심적으로 대할 수 있는 반려동물에게 애정을 쏟으며 살아가기도 한다. 그 이유는 아마도 제대로 된 사랑을 받아보지 않았기 때문이리라.

하지만 누군가에게 사랑을 받아 본 사람은 그때의 감동을 잘 알기에 남에게도 베풀어주며 자신의 행복을 더 크게 느끼며 살아가고 있는 것이다.

행복의 전제조건

행복을 느끼는 정도는 사람마다 가진 행복의 조건에 따라 다를 것이다. 또한, 각 조건에 대한 우선순위에 따라 다르게 느낄 수도 있을 것이다.

돈이 최고라 생각하는 경우 돈이 많아야 행복하다고 생각할 것이다. 그러나 돈이 어느 정도로 많아야 하는지는 막연할 수 있다. 그 또한 상대적일 수 있으니까.

가령 5억 원이 있는 경우, 서울 강남에서는 상류층 근처에도 갈 수 없지만, 지방 소도시에서는 어느 정도 구색을 갖추어 상류층 행세를 하며 살 수 있을 것이다. 서울 강남에서 100억 원이 있다고 상류층 행세를 제대로 할 수 있을까. 그건 장담할 수 없을 것 같다.

그렇다면 자신의 환경에서 살아가기에 적당한 정도만 있으면 되는 것 아닐까 싶다.

많은 사람이 높은 지위에 올라 많은 권력을 가진 이들을 부러워한다. 그러나 대통령이 된 이들이 모두 행복했는가를 보면 그런 것 같지도 않다.

오히려 불행했던 순간들이 더 많았으며, 거의 말년에는 처참했던 경우도 있다. 그것은 아마도 그 지위에 오르기 위해 저질렀던 업보들 때문이리라.

어느 한 편을 많이 가지려 한 만큼 자신의 행복 중에서 많은 부분을 잃을 수밖에 없는 것이 우리네 인생이 아닐까.

그런 의미에서 행복의 전제조건이 무엇인지 생각해 본다.

사람마다 행복을 느끼는 조건은 다를 수 있다. 그러나 사람으로서 기본적인 의식주를 해결할 수 있는 정도의 돈이 있고, 소일거리가 있으며 더불어 살아갈 수 있는 사람이 있는 정도가 최소한의 조건이 아닌가 싶다.

돈을 많이 벌려고만 할수록 사람 간에 베풀기보다는 뺏으려는 마음이 앞서게 되어 원성을 사게 될 것이고, 권력을 좇을수록 경쟁자를 제거하는 과정에서 원한을 사게 되니 언젠가는 자신에게 해코지로 돌아오게 되기 때문이다.

사람은 죽을 때 그 가치를 알게 되며, 어떤 경우에는 죽은 이후에도 평가를 받게 된다.

이미 떠난 이들을 돌아보면 가지려거나 권력을 휘두른 만큼의 업보가 남아 자식 대까지 영향을 미치는 것을 볼 수 있다.

반대로 소박하지만, 자신의 삶에 만족하며 정을 주고 간 경우 사람들이 그 사람을 기리게 되고 후손들도 그를 본받아 행복하게 살아가게 되는 것이다.

자신만의 행복 찾기

행복이란 일을 하는 과정에 만족하며 그 결과에 보람을 느끼는 것이다. 그런 행복을 느끼려면 자신에게 맞는 일을 찾아야 한다. 그러기 위해서는 먼저 자신의 특성을 알아야 하는 것이다. 즉, 자신이 무엇을 좋아하고 잘할 수 있는지를 알아야 일을 하며 먹고 살아가는 과정이 행복할 수 있을 것이다.

그런데 대부분의 사람은 부모가 좋아하는 것이 자신의 행복인 양 잘못 길들여진 채로 자라서 성인이 되어서도 세속적인 관점에서 남들처럼 그럴듯하게 사는 것이 행복하게 사는 것이라고 착각하고 있다. 그래서 남들이 보기에는 그럴듯해도 정작 자신의 삶에 행복을 느끼지 못하고 사는 것이다.

그러다 인생을 한참 살아 보고 숨을 거두게 될 때쯤에는 아쉬움만 가득하게 되는 것이다. 자신이 좋아하는 것을 제대로 해 보지도 못하고 지나온 세월에 대해.

그래서 사람이 태어나서 어떻게 길들여지는지를 구체적으로 알아야 한다. 그래야 현재 자신이 왜 그렇게 생각하고 있는지 그 원인을 알게 되어 길들여진 틀에서 벗어나 자신이 진정 좋아하는 것을 찾을 수 있을 것이다.

아울러 남들과 비교했을 때 자신이 남들보다 잘하는 것이 무엇인지를 찾아내어 좋아하는 것 중에서 잘하는 것을 선택하여 살아간다면 행복하게 살아갈 수 있지 않을까.

행복이란 자신에게 맞는 일을 하며 살아가는 것인데, 아직도 많은 이가 어릴 적에 길들여진 대로 자신들과 맞지 않는 일을 하며 본인은 물론 주변 사람들까지 고통을 주며 살아가고 있다.

부자가 되거나 높은 지위에 오르는 것만이 최고의 행복인 줄 알고 살아가는 사람들의 경우에는 그 과정에서 본인의 이익을 우선하다 보니 본인 자신의 삶도 여유가 없고, 주변 사람들에게도 적지 않은 피해를 주며 살아가게 되는 것이다. 이런 예는 사회적으로 많은 지탄을 받는 정치인이나 경제인을 보면 쉽게 이해가 될 것이다.

또는 자신에게 맞지 않는 분야에서 부모가 하라는 대로 살다가 대학을 졸업하고 서른이 넘어서도 경제적인 독립을 못 하고 기대어 사는 경우도 많다. 그런 이들은 점차 소위 루저(패자)가 되어 남의 도움이 있어야 살아갈 수 있는 삶을 살아가게 되는 것이다.

행복하게 살아가는 데 적당한 돈과 지위가 도움이 될지는 몰라도 필수적인 요소라 할 수는 없다. 적게 벌고 지위가 낮아도 가족 간에 서로 사랑하며 살아가는 사람들도 있기 때문이다. 그런 사람들은 주어진 환경에 만족하며 가족 간의 사랑을 우선하며 살아가기에 행복하게 살아가고 있는 것이다.

자신에게 맞는 행복을 찾아 살아가려면 길들여진 대로가 아니라 자신의 본질을 잘 알고 그에 맞는 길을 걸어가야 할 것이다.

부모가 좋은 대학을 나와서 대기업에 취직하기를 바란다고 능력이나 적성에도 맞지 않는 길을 가려고 허송세월할 것이 아니라 성인이 되는 시점에는 과감하게 자신의 길을 선택해서 가는 것이 행복의 지름길이라 하겠다.

2000년대에 들어서 유명한 야구선수나 가수 등을 보면 조기에 자신의 적성에 맞는 길을 택하여 성공하는 경우를 보게 되면서 조금씩 현명한 선택을 하는 이들이 많아지고 있어 다행스럽게 생각된다.

따라서 자신만의 행복을 찾으려면 자신의 특성에 맞는 일이 무엇인지 알아야 하겠다. 그 시작은 고등학교를 졸업하는 시점인 것 같다.

자신이 하고 싶고 잘할 수 있는 분야의 전공을 택해야 하고, 이후에도 적성에 맞지 않으면 가급적 빠른 시기에 바꾸는 것이 좋다. 대학에 가지 않아도 되는 것이라면 굳이 남들이 간다고 따라서 갈 필요는 없을 것이다. 그런 경우에는 대학 시절이 오히려 시간 낭비만 될 수 있기 때문이다.

아울러 행복하기 위해서는 인생의 목적과 목표를 제대로 설정해야 한다.

무엇을 위해 살아갈 것인지에 대해 충분한 고민을 한 후 그에 따른 목표를 자신의 특성을 고려하여 달성 가능한 범위에서 구체적으로 정해야 할 것이다.

그래야 인생을 살아가는 과정이 행복하고 전체적으로도 더 큰 행복을 향해 나아갈 수 있으리라.

사람의 일생 뒤집어 보기

행복하게 살아가기 위해서는 행복이 무엇인지를 알아야 하는데 사람들은 태어나서 성인이 될 때까지 부모나 주변 환경으로부터 길들여진 채 자신의 길을 선택하게 되고

이후 직장인이 되어서는 직장에서 길들여진 채로, 결혼해서는 배우자와 세속적인 잣대에 길들여져 살아가다가

퇴직 후 제2의 삶은 자신 본연의 행복을 찾아 살아가려 하나 현실의 구속된 관계에서 벗어나지 못해 자신이 좋아하는 일을 하지 못하고 그저 돈을 벌려고 일을 하기도 한다.

이때 많은 변화가 있는데 행복을 제대로 찾아가는 이들은 그나마 말년을 행복하게 보낼 수 있지만, 그때까지도 분간을 못 한 이들은 허무한 말년을 보내게 되며 떠난 후에는 원성까지도 듣게 된다.

이렇게 사람의 일생을 길들여지는 시기, 세속화되는 시기, 제2의 삶 개척 시기, 노년기로 구분하여 뒤집어보려 한다.

길들여지는 시기

태어나서 성인이 되어 직장생활을 시작하기 전까지를 길들여지는 시기라 보았다. 이 시기는 사회적으로나 경제적으로 스스로 살아가지 못하는 시기이기 때문에 부모의 도움을 받으며 살아갈 수밖에 없기 때문이다. 따라서 성인이 되어서도 인간은 이 시기에 길들여진 대로 살아가고 있는 것이다.

이 시기를 사람의 성장 과정에 따른 영향을 고려하여 '출생~초등학교 입학 전 시절', '초등학교 시절', '중고등학교 시절', '고등학교 졸업 후~취업 전 시절'로 구분하여 살펴보았다.

출생~초등학교 입학 전 시절

이 시기는 살아가면서 거의 기억하지 못하나 이 시기에 받았던 감성은 잠재의식 속에 남아있게 된다.

사람은 부모의 기질을 닮고 태어나 그 부모로부터, 특히 엄마에게 지배적으로 길들여지며 자라게 된다. 태어난 직후부터 사물을 식별하고 말을 하기 전까지는 아마도 모든 아기가 비슷할 것이다. 이 시기에 엄마 품에서 편안히 젖을 먹고 잠들며 자란 아이와 그렇지 못한 아이는 감성적인 면에서 차이가 나게 된다.

그러다 사물을 식별하고 듣기 시작할 때부터 부모로부터 보고 배우게 되며 "누구 집 자식이라 다르다."라는 얘기를 듣게 된다. 부모가 서로 존중하며 예를 갖추는 언행을 하는 경우, 아이는 선한 품성에 예의 바른 모습을 보이게 되고 그와 반대로 부모가 서로 소리치며 욕하는 모습을 보이면 아이 역시 남을 대하는 태도가 안하무인 격으로 되어 버리는 것이다.

요즈음엔 초등학교 입학 전에도 어린이집이나 유치원 등에 다니며 아이들을 비교하며 조기 교육하려는 부모에 의해 여러 학원에 보내지며 길들여지고 있다. 그렇게 자란 아이 중에 적지 않은 인원은 자신의 특성에 맞지 않는 것에 대해 반발하며 부모의 조치에 대해 부정적인 생각을 갖게 된다.

부모의 잘못된 집착이 강할수록 자녀의 부정적 성향이 커지는 것임에도 정작 사춘기가 되어 일탈 행동을 할 때까지 부모의 강압적인 교육이 반복되는 것이다.

돌이켜보니 이 시기 최고의 교육은 부모가 자식에게 예를 갖추며 사랑을 베풀어줌으로써 사람들을 존중하는 마음을 갖게 하는 것이고, 아이의 특성을 다각도로 살펴보고 아이가 좋아하는 것 중에서 인생에 도움이 될 분야에 대해 지원해 주는 것이 아닐까 싶다.

아울러 그 분야에 전념할 수 있는 자연스러운 환경을 만들어 주는 것이 중요하다 하겠다. 가령 공부하는 습관을 들이려는 경우 먼저 부모가 공부하는 모습을 보이면 아이도 따라서 책상에 앉아 책 보는 습관이 들 것이고, 예체능 쪽이면 부모가 직접 그 분야에 열정을 다하는 모습을 보이거나 부모에게 그런 재능이 없다면 그 분야의 전문가 자문을 받아 그 여건을 만들어 주는 것이 중요하다 하겠다.

그러나 초등학교 입학 전까지는 아이의 재능을 서둘러 키우려 하는 것보다 감성적인 면이 안정적으로 형성되도록 많은 관심과 사랑을 베풀어 주는 것이 중요할 것이며, 아이가 어느 분야에 관심과 재능이 있는지를 살펴보는 시기로 생각하는 것이 아이의 성장에 훨씬 효과적일 것이다.

이 시기에 부모의 가장 위험한 행동은 아이를 인격체로 보지 않고 애완동물처럼 사육하듯이 무조건적인 복종을 강요하는 것이다. 부모가 하라는 대로 하며 자란 아이는 자율성이 현저히 떨어지며 부모에게 길들여진 대로, 남들이 하는 대로만 살아가기에 남보다 뒤처진 삶을 살아가며 불만만 늘어나게 되는 것이다. 게다가 자신이 당한 만큼 주변 사람들에게도 강요하는 태도를 갖게 되며, 부모가 되어서는 자기 자식들에게도 똑같이 반복하게 되는 것이다.

초등학교 시절

초등학교에 입학한 아이는 비로소 사회생활을 시작하게 된다. 학교에서의 생활은 모두 선생님의 지시에 따라야 한다. 이유를 알지 못하더라도. 그래야 학교생활을 잘하는 아이가 되고, 부모들도 안심하는 것이다.

과거 1970년대의 경우 대부분 초등학교(당시 국민학교) 한 반에 학생이 80명이나 되어 선생님의 영향보다는 학급 친구들과 어울리며 사회생활을 배웠는데, 1990년대에 들어서는 학급 인원이 절반으로 줄고 핵가족화되어 형제 관계도 거의 2명 정도밖에 되지 않아 친구들과 어울려 지내는 시간보다는 학원 등이나 집에서 게임을 하며 보내는 시간이 많아지게 되어 더욱 선생님의 영향이 커져 버린 것 같다.

필자의 초등학교 시절(1968~1973년)에는 한 학급의 학생 수가 너무 많아서인지 선생님과의 추억이 기억나는 것이 별로 없다. 그저 학교 수업이 끝나면 동네 친구들과 딱지나 공놀이 등을 하며 지냈던 것과 어머니가 운영하던 동네 시계 점포에 들러 함께 손잡고 귀가하며 나눴던 얘기들이 기억에 남아있을 뿐이다.

그러다 초등학교 5년 때 어머니가 갑자기 심장마비로 세상을 뜨고 말았다. 너무나 짧았던 어머니와의 10년 인연은 그렇게 끝났지만, 2남 1녀의 막내로 자란 필자는 어머니에게 받은 사랑을 아직도 간직하며 살아가고 있다. 아마도 그 사랑이 너무나 강렬했기 때문이리라.

초등학교 1학년 시절, 하루는 집에 외할머니가 초등학교 4학년인 친손자를 데리고 왔을 때 그가 갖고 있던 장난감 총이 탐나서 뺏은 적이 있었다. 그랬더니 외할머니가 야단을 치며 다시 뺏어 자신의 친손자에게 되돌려주었다. 초등학교 1학년이었던 내가 서운해서 울었나보다. 그 장면을 본 어머니는 자신의 친정어머니에게 "왜 애를 울리냐?"라며 "그럴 거면 오지 마시라."라고 했던 적이 있었다. 그때부터 어머니가 확실한 내 편이라는 것을 느끼게 되었나 보다.

초등학교 4학년 때는 동네 친구와 함께 어린이날 남산에 있었던 어린이회관이 무료입장이라 하여 차비만 들고 갔다가 오는 길에 버스를 반대로 타서 두어 시간을 걸어 밤늦게 집에 들어온 적이 있었다. 어머니가 걱정할까 봐 신경 쓰였는데 아무 말 없이 안아주고는 며칠 뒤에 중학생이었던 장남에게 용돈을 두둑하게 주며 막내 데리고 어린이회관에 가서 놀이기구를 실컷 타게 하라고 했다. 그렇게 그 시절에 어머니에게 받은 사랑으로 인해 나이가 들수록 남들에게 베풀 수 있는 마음을 갖게 되었던 것 같다.

필자의 초등학교 시절 학교생활은 거의 기억이 나지 않아서 내 아이의 초등학교 시절(1994~1999년)을 돌아보았다. 한 학급당 인원이 1960~1970년대에 비해 훨씬 줄어든 40명밖에 되지 않아서인지 아이가 입학 직후 적응이 늦다는 담임선생의 잦은 전화로 애 엄마가 걱정을 많이 한 적이 있었다. 이유는 쉬는 시간이 끝나는 종이 울리면 다른 학생들은 모두 자기 자리에 앉아 수업을 받는데 그 아이는 운동장에서 개미를 관찰하고 있거나, 운동장에 들어온 강아지를 따라다니곤 했던 것이다. 그런 아이의 행동을 문제가 심각한 것으로 얘기하는 담임선생을 만나 "학교에서의 생활은 선생님이 알아서 교육하시고, 애 엄마에게는 전화하지 마시라."라며 정 심각한 경우라면 직접 아빠인 내게 연락하라고 했더니 더 이상 전화를 하지 않았다. 그때 '초등학교에 막 입학한 아이에게 쉬는 시간이 끝나는 종이 울리면 자기 자리로 돌아가 수업을 받아야 하는 것에 대해 논리적으로 이해시킬 수 있는 어른이 몇 명이나 있는가?'라는 생각과 '초등학교에 입학하면서부터 아이들을 획일적으로 길들이는 것은 아닐까?' 하는 생각이 들었다.

아이가 초등학교 5학년 때 첫 무단 외박을 한 적이 있었다. 당시 담임선생이 학급 친구들 간에 우정을 돈독히 하고 추억을 만들어주기 위해 부모님께 말하고 교대로 친구 집에서 하룻밤을 지내게 했는데 녀석이 제 엄마에게 말하지 않고 부모님이 출타 중인 한 친구의 집에서 밤늦도록 게임을 하며 놀다 온 것이다. 당시 큰일이라 여겼던 애 엄마의 반응에 단둘이 있는 곳에서 "그렇게 게임을 하고 싶으면 다음엔 아빠에게 얘기하거라." 하며 "말하지 않고 귀가하지 않으면 부모가 걱정하게 된단다." 했더니 녀석이 울면서 잘못했다고 하기에 "네가 그리 큰 잘못을 한 것은 아니란다."

하며 정 하고 싶은 것은 당당하게 말하면 된다고 타이른 적이 있었다. 내가 어릴 적에 어머니께 사랑받았던 방식대로였다.

형제 없이 혼자 자란 아이가 게임에만 빠져 사회성이 다소 부족할까 염려되어 초등학교 때 각종 구기 운동을 가르쳐준 적이 있었다. 그러나 그다지 녀석이 재미있어하지 않아 그만두었다. 그러던 중에 아이는 점점 게임에 빠졌던 것이다. 아마도 직업 군인인 아빠를 따라 초등학교를 6번 옮기며 친구들과 제대로 사귈 여건이 되지 않은 탓인지 녀석은 홀로 게임 속에서 고독을 해소하고 있었던 것 같다.

과거나 현재까지도 변하지 않는 것이 있다면 초등학교 시절에는 자율적인 생활습관을 들이는 것이 제일 중요하다는 것이다. 자율적인 생활습관이 몸에 밴 아이의 경우 중학교 진학 이후 갈수록 어려워지는 공부를 하기 위해 스스로 계획을 세워서 해나갈 수 있는데, 그렇지 않은 아이는 부모의 간섭이 반복되며 갈등만 더해져 아이의 인성까지도 해치게 되는 것이다.

과거와 다른 것은 과거에는 형제도 많고 반 학급 인원도 많아 아이들이 그 속에서 자연스럽게 사회성을 배워 나갔는데, 현대에는 형제도 적고 반 학급 인원도 적어 학교 선생님이나 부모의 지도가 더욱 중요해진 것이다.

부모가 자신들이 바라는 대로만 요구하면 할수록 아이는 부담을 갖게 되다가 중고등학교 때 퍼져버리는 것이다. 따라서 이 시기에는 공부보다는 아이의 자율적 생활습관을 들이는 데 중점을 두어 스스로 계획을 세워 실천해 가는 과정을 격려해 주는 것이 효과적인데, 이 또한 엄마들의 욕구가 앞서 아이들이 무언가를 스스로 할 기회를 차단하고 있는 현실이 안타깝기만 하다.

그렇게 자란 아이들이 대학이나 대학원에 진학할 때까지도 부모 찬스를 이용하는 것을 볼 때마다 언제 자신의 인생을 살아갈 수 있을까 하는 걱정이 든다.

중고등학교 시절

중고등학교 시절의 가장 큰 변화는 신체적으로나 정신적으로 성숙해지는 시기이며 공부의 난이도가 가장 높은 시기라는 점이다.

인생의 가장 중요한 그 시기에 대부분의 아이는 오직 좋은 대학에 가기 위한 생활로 내몰리고 있다. 그런데 공부로 내몰릴수록 더욱 반발하게 되는 아이들에게 과연 그들 탓이라고 말할 수 있을까. 오히려 그 시기에 자신의 주관대로 살아온 아이들이 더 성숙한 삶을 사는 것 아닐까.

필자는 중학교 시절(1974~1976년)에 시험 보기 전날 외에는 공부한 적이 없었다. 그런데도 중학교 1~2학년 때는 반 70명 중 10등 안에는 들었다. 그러다 중학교 3학년 때 모의고사를 보는데 성적이 반에서 5등 안 수준으로 올랐다. 알고 보니 모의고사는 중학교 전 학년 범위에서 출제하는 것이라 매번 시험을 본 다음에 틀린 문제를 확실히 이해하고 넘어갔던 것이 도움이 되었던 것이다. 중학교 시절에는 또래 친구들 몇 명과 바둑에 빠져 내내 바둑만 두었던 기억만 난다. 그래서 프로 3급 정도의 실력이 되어 기원에서 프로 기사와 지도 대국을 둔 적도 있었고 밤새 바둑을 두며 복기하는 등 바둑 세계에 빠져 지냈던 것이다.

그러다 고등학교 입학 후 첫 국·영·수 과목 시험을 보았는데 특수반에서 중간 수준도 되지 않는 성적표를 보고 자존심이 상해 2년 동안 당시 유명했던 영어·수학 참고서를 홀로 2회 독을 하고 나니 소위 명문 대학에 갈 수준이 되었다.

중학교 때까지 실컷 놀아선지 고등학교 입학 후에는 공부에 열중했던 것이 효과를 본 모양이다. 그런데 당시에는 대학별 본고사 시험을 국·영·수만 보았고, 내신 반영도 없어 학교생활에서는 다양한 아이들이 한 반에 지내며 좋은 사회 경험을 할 수 있었다. 싸움 잘하는 아이, 장기가 많은 아이, 공부 잘하는 아이, 부잣집과 가난한 집 아이 등이 서로의 모습을 보며 사회성을 길러나갔던 것이다. 그래선지 서울 지역 인문계 고교를 추첨으로 배정받고 3년간 함께했던 동기 동창들이 성인이 되어서도 소중한 인간관계가 되었던 것 같다.

그러다 아이의 중고등학교 시절(2000~2005년)을 보니 참 안타까운 모습들이 보였다. 중학교 시절부터 외고(외국어 고등학교)를 목표로 공부로 내몰린 아이들은 외고와 일반고로 나누어지며 차별화된 교육을 받게 되었던 것이다. 일반고에서는 서울에 있는 대학에 진학하기가 어려웠는데, 외고에서는 중간 정도만 하면 명문 대학에 진학할 수 있었던 것이다.

아이의 경우 중학교 때까지는 하루 공부량을 마친 시간만큼 게임을 할 수 있도록 하는 엄마의 규칙에 따라 최상위권 성적을 유지해 외고에 진학했다. 그러나 고등학생이 되어 키가 제 엄마보다 커짐에 따라 게임을 하는 시간을 본인 의사대로 결정하게 되면서 점차 학교보다는 PC방에서 게임을 하는 시간이 많아졌던 것이다. 그래서 강압적으로 되돌리려 했으나 그럴수록 더욱 반발하는 아이를 보며 이미 그 시기가 지났음을 깨닫게 되었다. 외고에 입학했던 아이의 성적은 고등학교 2학년 때 수직으로 하락하여 결국 서울 내 대학 진학에 실패하고 만 것이다.

중고등학교 시절은 가장 공부량이 많은 시기이자 신체 변화로 인해 정신적으로도 많은 변화가 있는 시기이다. 이런 사춘기 심리를 고려하지 않는 강요식 교육은 부작용만 커지게 만든다. 특히 아들의 경우, 남자의 경험이 없는 엄마들의 다그침은 아이의 성장을 더욱 더디게 하는 것이다. 그래서 갈수록 남자아이들이 여자아이들보다 사회 적응이 늦는 이유이기도 하리라.

왜냐하면 사춘기 이전의 아이들은 이성 부모의 사랑을 받으며 감성을 쌓아 사춘기가 되면 이성 부모가 알지 못하거나 알 수 없는 영역에 대해 동성 부모가 롤 모델이 되거나 상담하며 이끌어 주어야 하기 때문이다.

딸들은 대부분 아빠들의 사랑을 받으며 자라다가 사춘기가 되어 더 이상 아빠와 긴밀한 대화가 제한될 때 엄마와 의사소통만 잘되면 바뀐 현실에 쉽게 적응하지만, 아들의 경우 사춘기가 되면 아빠와 상담하며 풀어가야 하는데 아빠가 시간이 없거나 아빠의 권위가 무너지면 고민을 함께 풀어줄 동성 어른의 부재로 인해 자신의 정체성과 진로에 대해 혼란을 느끼게 되는 까닭이라 하겠다. 과거에는 형제가 많고 친구들과의 교류도 많았기 때문에 사춘기 시절의 고민거리도 동성 형제간이나 친구들을 통해 해소할 수 있었지만, 핵가족화된 현대에는 동성 부모가 그 역할을 해 주어야 하기 때문이다.

사춘기인 이 시기는 초등학교에 입학하면서부터 시작된 자율적인 사회생활의 습관이 완성되어야 하는 시기이다. 이때는 육체적·정신적 변화에 적응하며 자신에게 맞는 공부 분야와 방법을 택해 자율적으로 계획하여 실천해 나가는 것이 가장 중요한 것이다.

그런데 자식이 1~2명뿐인 현대에는 아직도 많은 부모가 이 시기에도 자식들의 공부에 지나치게 관여하고 있어 개인은 물론 사회적으로도 문제가 야기되고 있다.

최근의 부모 찬스 사건에서 보듯이 고등학교 때 이미 끝났어야 할 부모의 간섭이 계속되면서 점점 더 야단법석을 떨게 되는 것이다. 그러니 대학 입학이나 대학원 입학을 위한 스펙 쌓기에까지 부모가 합동으로 스펙을 만들어주느라 그리도 소란을 떨게 된 것이다.

아마도 그런 부모들은 자기 자식들이 살아가는 내내 그렇게 길들이려 할지 모르지만, 그것이 진정 자식들이 스스로 삶을 개척해 나갈 기회를 가로막는 것인 줄을 왜 모르는지, 그저 안타까울 뿐이다.

부모의 강력한 지원하에 1등급을 유지하는 것보다는 자신의 계획으로 10등급에서 5등급으로 오른 아이가 있다면 오히려 그 아이의 앞날이 더 밝지 않을까.

사춘기 아이들에게 가장 필요한 것은 성인이 될 인격체로서 본인들의 의견을 존중해 주고, 묻는 부분에만 친절하게 알려주는 정도로 하여 스스로 적응하며 헤쳐나가도록 하는 것이다.

그런데도 그렇지 하지 못하는 그 부모 또한 자신이 길들여진 대로 아이를 길들이려 하기 때문은 아닐까.

고등학교 졸업 이후~취업 전 시절

이 시기는 성인으로 대우받는 최초의 시기이자 대학 진학 여부에 따라 성패감을 느끼는 시기이다. 성인으로서 최대한의 낭만을 느끼며 지낼 수도 있지만, 대학 진학에 따라 학연이 결정되고 주변 이들로부터 그에 따른 차별이 주어지기 시작하는 시기이다. 그러면서도 취업을 준비해야 하는 가장 중요한 시기이기도 한 것이다.

성인이 되면 유흥가 출입이 자유로워지고 음주나 흡연이 가능하며 이성 교제도 자신의 의지대로 할 수 있게 된다. 이 시기에는 가장 많은 추억을 쌓을 수도 있지만, 자제가 안 되면 가장 큰 시련을 겪기도 한다.

대부분이 대학에 진학하는 현대의 경우만 살펴보면 어느 대학에 진학했느냐에 따라 활동의 폭이 달라진다고 하겠다.

소위 명문 대학에 진학한 경우는 부모나 주변 지인들로부터 선망을 받으며 폼 나는 시절을 누릴 수도 있을 것이다. 그러나 취업 준비를 게을리해서는 제대로 된 직장을 구하기가 어렵다. 따라서 1학년 때 정도는 그런 낭만을 누리더라도 이후부터는 자기 삶의 목표를 정하여 계획을 세워 정진해 나가야 하는 중요한 때다. 예를 들어, 명문대에 진학했는데 그 수준에 맞는 로스쿨 또는 의학전문대학원 진학이나, 공인 자격증을 취득하지 못한 경우에는 명문대 수준에 걸맞은 직장에 진입하기 쉽지 않은 반면에, 명문대 진학에 실패했더라도 자신이 나갈 분야를 정하여 필요한 자격을 취득한 경우라면 해당 분야의 전문가로 성장해 나갈 수 있는 것이다. 따라서 이제 고교 졸업 후 대학 진학은 성인으로서 삶의 시작이라 생각하고 자신에게 맞는 분야를 정해서 정진해 나가야 하는 시기임을 깨달아야 할 것이다.

이때 자신이 진학한 분야가 맞지 않는다고 판단되면 과감히 중단하고 새로운 길을 찾는 것이 효과적일 것이다. 만약에 그런 판단이 정확히 안 설 때는 휴학하여 잠시 중단의 시간을 갖는 것도 괜찮은 방법일 것이다.

남자의 경우 군에 입대하여 자신을 되돌아보는 시간을 갖는 것도 좋다. 군대의 경우 전국 각지에서 모인 또래의 젊은이들과 함께 정해진 규칙대로 생활하며 정상적인 급여를 제외하고는 자신의 의무를 다해야 하는 사회생활을 체험하기에 자신을 돌아볼 수 있는 좋은 여건이 되기 때문이다.

이 시기에는 성인으로서 스스로 판단하며 생활해야 하는데 현대에서는 아직도 많은 젊은이가 부모의 부양을 받으며 부모의 지배하에 지내는 것 같아서 안타깝다. 이 시기에 독립을 시작하지 않으면 30~40대가 되어도 변하지 않는 사례가 많기 때문이다.

비록 학비와 생활비는 부모에게 지원을 받더라도 자신의 생활은 자신의 판단하에 계획하여 살아가야 한다. 그래야 취업한 이후부터는 완전히 독립된 삶을 살아갈 수 있는 것이다. 그러나 이 시기에 부모에게 의존하는 생활을 한 경우라면, 취업해서도 적응이 늦을 수도 있고 조금 힘이 들면 그만 다니겠다고 생각하게 되는 것이다.

부모는 자식의 독립을 위해 학비와 기본 생활비 등 최소한의 지원을 하는 데 그치고 스스로 알아서 하도록 간섭을 최소화해야 하며, 자식은 부모에게 당당하게 자신의 생활을 자신의 판단하에 하겠다고 말해야 한다. 그런 가운데 대화가 필요한 경우 부모와 자식 간에 동등한 입장에서 타협해 나가는 과정이 중요하다 할 것이다.

이 시기에 부모와 자식 간의 갈등이 심해지는 이유는 자식보다는 부모가(특히 엄마가) 성인이 된 자식의 인격을 존중하지 못하고 지배하려 들기 때문이다. 그런 경우 자식은 부모에게 반발하면서도 더욱 독립된 생활을 하지 못하게 되는 것이다.

이런 상황이 심해질 때 자식의 경우에는 스스로 부모의 울타리를 벗어나 혼자서 생활하는 것도 좋은 방법이라 하겠다. 부모의 경제적 도움을 받는 상황에서는 진로에 대해서도 간섭을 받을 수밖에 없지만, 모든 도움에서 벗어난 경우라면 부모도 자식의 의지대로 살아가도록 놓아줄 수밖에 없기 때문이다.

성인이 된 사람에게는 많은 길이 놓여있다. 어느 길이 맞는 길인지 가보지 않고서는 잘 알 수 없다. 그렇다면 가란 대로 갈 것이 아니라 자신에게 맞는 길을 한번 가보는 것도 괜찮을 것 같다.

넘어져도 다시 일어나는 것은 젊을수록 수월하기 때문이다.

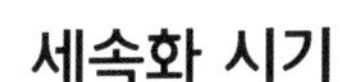

세속화 시기

성인이 되어서도 길들여진 대로 남의 이목을 의식해 세속화되며 살아가는 시기로 그 모습을 단계별로 구분해 살펴보려 한다.

직장에 다니며 조직 세계로 들어서게 되면 처음에는 상하 체계로 이루어진 분위기에 선뜻 적응하지 못하다가 결혼해서 가장이 되고 승진을 하며 부하 직원을 두게 되면 점차 조직의 꼰대가 되어 간다.

그러다 피라미드 구조인 조직 세계에서 일정 시기가 되면 승진 명단에서 누락되는 좌절을 경험하며 패배감에서 벗어나지 못한 채 살아가기도 한다.

직장생활을 시작하며

직장생활을 시작한다는 것은 직장에서 자신의 근로 능력을 인정받아 근로한 만큼의 급여를 받으며 경제적으로 독립된 생활을 시작한다는 것을 뜻한다. 급여를 받기 위해서는 직장에서 풀타임으로 전력을 다해 근무해야 한다. 따라서 본인의 업무에 대한 책임을 져야 하며 직장 동료와 함께 하는 일인 경우에도 적극적으로 앞장서는 모습을 보여야 한다. 이는 부모에게 부양을 받던 시기처럼 본인 마음대로 중단할 수 없기에 자신의 경제적 능력으로 독립적인 생활을 하기 위해서는 직장에서 자신의 역할을 다해야 하는 것이다. 어쩌면 이때부터가 진정한 성인으로서 살아간다고 볼 수 있을 것이다.

처음 직장생활을 시작할 때는 직장의 조직 체계나 문화에 적응하는 것이 부담스럽게 생각된다. 업무 수행 체계를 잘 모르는 상황이니 하나씩 배워나가는 과정에서 직장 선배나 상사의 일방적인 지도를 받을 수밖에 없다. 그러한 인간관계를 간섭받는다고 생각하거나 자신을 무시한다고 생각하여 독단적으로 일을 처리했다가 문제가 생기게 되면 자신감이 떨어지게 되며 점차 상사의 눈치를 보게 된다. 그렇게 시간이 흐르면 하던 대로, 시키는 대로만 하려는 습관이 들게 되고 조직 문화에 적응하면서 타성에 젖은 직장생활을 하게 되는 것이다.

그러다 까다롭거나 개인 취향이 특이한 상사의 지시에 힘들어

하며 그만둘까 하다가 참았던 감정이 폭발하게 되면 그 시점에서 사직하는 경우도 종종 일어나게 된다.

그러나 필자가 돌이켜보니 모든 일은 사람끼리 하는 것이니 인간적으로 잘 풀어갈 수 있다고 생각하면 별거 아니라는 생각이 든다. 즉, 자신이 회사의 주체라고 생각하면 상사에 대해서도 그의 입장에서 조금만 생각해 보면 어떻게 대처할지를 알 수 있는 것이다. 상사나 동료 관계로 인해 힘들어하는 것은 어찌 보면 자신이 그 조직의 주체라는 생각을 갖지 못하는 데서 오는 것이 아닐까 싶다. 주체 의식이 없으니 일을 풀어갈 생각보다는 일을 처리하는 과정에서의 감정이 앞서는 것이다. 하지만 젊은 나이 때 그런 것을 이해하는 경우는 많지 않다. 그런 때 참을 수 있는 이유로는 자신이 그 일을 하면서 먹고살아야 하는 절박함이 있어야 한다. 이런 상황에 닥쳤을 때 취업하기 전의 생활을 스스로 독립적으로 해 왔던 이들은 상대적으로 더 여유롭게 적응할 수 있다.

결국 직장생활을 한다는 것은 독립된 경제 활동을 시작하는 것이며 이를 위해 자신이 받는 급여만큼의 역할을 반드시 해야 하는 진정 성인으로서의 삶을 시작하는 시기라 할 것이다. 이때는 직장문화에 길들여지며 적당히 살아가는 방법도 터득해가는 시기이며 점차 꼰대가 되어가기도 한다.

결혼

결혼은 인륜지대사라 한다. 사람이 살아가면서 가장 큰 행사란 의미로 어쩌면 가장 큰 기회이자 위기의 순간일 수 있다.

배우자를 만나는 방법은 크게 중매 결혼과 연애 결혼으로 나뉜다. 부모의 영향을 많이 받았던 과거에는 집안 환경 등이 비슷한 상대를 골라서 하는 중매 결혼이 많았으나, 현대에 와서 연애 결혼이 대세를 이루다가 최근에는 다시 결혼 중개 회사를 통한 중매가 많아지고 있다.

이는 아마도 연애 결혼한 이들이 서로 다른 환경에서 자란 차이를 극복하지 못하고 깨지는 경우를 많이 보게 되니 다시 서로의 스펙에 맞는 배우자를 찾게 되는 모양이다. 살아보니 배우자로서의 스펙에는 자신의 학력·재력 외에도 부모의 후광까지 포함된다는 것을 알게 되었다. 누구의 자식으로 자란 것도 무시할 수 없는 요소라는 것을 말이다.

결혼은 한 남자와 여자가 만나서 하나의 가정을 꾸리기 시작하는 시점이다.

따라서 하나의 가정을 만들어 가는 데는 각기 다른 환경에서 자란 남녀가 서로 잘 융합이 되어야 한다. 그러나 결혼 전에는 서로의 집안 사정을 잘 알 수가 없다. 그런 부담은 연애 결혼에서 더 클 수 있다. 그래서 연애 결혼이 서로 다른 환경의 차이를 극복하지 못하고 깨지는 경우가 많은 것이리라.

결혼을 '1+1'이라는 논리로 보면 혼자 살 때보다 두 배는 나은 삶을 살아야 한다. 부부가 서로 갈등 없이 잘 협의해서 살아가면 그런 삶을 살아갈 수 있다.

그리고 부부가 된 두 사람의 조화가 잘 이루어질수록 '$(1+1)^n$'의 효과가 나타날 수도 있을 것이다.

그러나 서로의 갈등이 심하면 정상적인 가정의 모습으로 나아가지 못하고 '1-1'이 되거나 심한 경우에는 '$(1-2)^n$'의 결과가 되어 가정이 파탄 나거나 어느 한쪽이 심한 상처를 받게 되는 것이다.

이런 결과는 서로가 자신이 길들여진 대로 길들이려고만 하거나, 대충 남들처럼 겉으로 드러난 것을 전부인 줄 착각하여 결혼하는 경우에 벌어지게 된다.

따라서 자신에게 맞는 짝이란 각자 동등한 자격으로 서로 사랑해 주려는 마음이 우선하는 상대여야 할 것이다. 한쪽에서 먼저 베풀며 살아간다면 수준이 비슷한 상대방은 당연히 더 많은 사랑으로 반응하기 때문이다.

백마 탄 왕자나 바보 온달을 키워주는 평강공주는 현실에서 있을 수 없다. 제대로 된 결혼생활이란 비슷한 환경에서 자라 서로의 가치관이 이해될 수 있을 때 가능한 것으로 서로 보완 작용이 되어야 조화를 이루게 되는 것이다.

단지 결혼 연령이 되었다고 남들의 이목에 적당해 보이는 상대와의 결혼은 서로에게나 심지어는 자식에게까지 고통을 주게 된다. 그래서인지 자식에게는 고통을 주지 않으려고 이혼하는 사례가 늘고, 가급적 자식이 없을 때 헤어지는 경우도 늘고 있다. 최근에는 동거부터 하는 경우도 많은데 장기적인 측면에서 보면 그리 나쁘다고만 볼 수는 없을 것 같다. 대충 만나 결혼해서 살다가 자식을 낳고서도 갈등하며 산다면 서로에 대한 고통만 더할 뿐이니. 돌이켜보니 이성을 많이 만나본 경험이 있는 사람일수록 자신에게 맞는 짝을 찾아 결혼생활을 무난하게 하는 것 같다.

과거나 현대나 공통적인 점은 결혼을 잘한 이들은 서로가 이후의 삶이 나아진다는 것이고, 맞지 않는 이들은 살아갈수록 인상이 찌그러진다는 것이다. 그러나 과거보다 나아진 것은 남들 이목을 의식한 쇼윈도 부부는 갈수록 적어진다는 점이다.

하여간 결혼은 어쩌면 사람의 일생에서 가장 큰 경험이자 최고로 길들여지는 시기인 것은 맞는 것 같다. 결혼생활을 지속하려면 함께 살아가는 과정마다 서로 합의해 한 방향으로 가야 하는데 합의가 안 되는 경우 어느 한쪽이 배우자에게 철저하게 길들여져야 하니까.

오래된 부부일수록 그런 모습이 더욱 선명하게 보인다.

부모가 되어

결혼해서 때가 되면 아이를 낳고 부모가 된다.

그런데 자식 입장에서만 살아온 이들은 부모의 역할이 무엇인지 모르고 자신들이 길들여져 살아온 대로 아이를 길들이며 살게 된다.

특히 첫째 아이일수록 그 정도가 심하다가 둘째 이후로는 부모의 역할을 알게 되어 첫째 때와 달리 간섭은 덜하고 사랑은 더 많이 주게 된다. 그래선지 아이들이 성인이 되고 부모가 늙은 다음에는 막내일수록 부모에 대한 효성이 지극한 경우를 많이 볼 수 있다.

그렇게 자식들이 성장한 이후에 부모들은 자식들에게 더 이상 줄 사랑이 별로 없음을 알고 아쉬워하다가 손주가 생기면 그리도 좋아하는 것 같다.

그러나 자식들과의 관계가 이미 악화되었다면 손주들을 보는 것도 그리 쉽지만은 않은 현실이 되어 많은 노인이 외롭게 지내거나 애완동물에게 정을 주며 살아가고 있다.

자식은 부모의 거울이다. 그러니 자식이 부모가 되어서는 자신들의 부모에게 받은 대로 자식에게 대하는 것이다. 여기서 몇 가지 사례를 돌아보고 그 해결방안을 살펴보고자 한다.

몇 년 전에 대기업 남매들의 갑질로 인해 세상이 시끄러웠던 적이 있었다. 그런데 그 후 그들 엄마의 갑질을 보니 그 이유를 알 수 있었다. 그 엄마에게 그렇게 자란 아이들이니 어른이 되어서도 윗사람이 그 정도는 당연히 해도 되는 것으로 알고 살아왔던 것이다.

반면에 또 다른 대기업 딸의 미담 사례가 언론에 알려져 사람들이 많은 칭찬을 하기도 했다. 어느 한 늙은 택시기사가 호텔 건물을 들이받아 수리비가 많이 들었는데 그 기사의 어려운 사정을 확인한 그녀가 피해 보상을 요구하지 않았다는 것이었다. 여기서 나이 든 대부분의 부모는 그녀가 부모로부터 제대로 된 인성교육을 받고 자랐다는 것을 알 수 있었다.

똑같이 당연하게 생각한 처신을 했음에도 어른이 되면 이렇게 다른 파장을 일으키게 되는 것이다. 그러니 어찌 부모의 교육이 중요하다 하지 않겠는가.

부모로부터 강압적으로 자란 아이는 자기 자식에게도 그리 대하는 것이고, 부모로부터 맞고 자란 아이는 아이가 말을 안 들을 때마다 때려잡으려 하는 것이다.

하지만 부모로부터 사랑과 존중을 받고 자란 아이는 주변 사람들에게도 겸손한 자세로 대하며, 자식에게는 자신이 받은 만큼 이상의 사랑을 주고 존중하며 대하게 되는 것이다.

부부가 서로 다른 환경에서 자란 경우 사랑받고 자란 한쪽이 자식을 제대로 이끌어주어야 한다. 그렇지 않으면 강압적인 환경에서 자란 한쪽이 자기 방식대로 자식을 길들이게 되어 그 자식들도 그렇게 살아가게 되기 때문이다.

아울러 부모로서 엄마와 아빠 역할을 정확히 구분할 필요가 있다.

이상적인 감성과 이성을 겸비한 사람으로 성장하기 위해서는 사춘기 이전에는 이성 부모의 사랑으로 감성을 채우고, 사춘기가 되어 이성 부모가 해줄 수 없는 시기부터는 동성 부모가 롤모델이 되어 세상 살아가는 방법에 대한 상담자 역할을 해 주어야 하는 것이다.

딸의 경우 대부분 그렇게 자라는 환경이 되었으나, 아들의 경우에는 사춘기 이후에도 아빠보다는 엄마와 여선생님들의 지도를 받으며 자라다 보니 상대적으로 아들들의 성숙이 늦어지고 있는 것이다.

자식은 부모의 소유물이나 애완동물이 아니다. 부모의 노후인적 연금은 더욱더 아니다. 그저 부모의 품에서 세상에 나온 한 사람의 인격체이며, 본인에게 맞는 삶을 살아갈 권리와 의무가 있는 것이다. 따라서 이제 부모는 자식에게 미성년자 시절에 경제적으로 기본적인 지원을 해주는 것 이외에는 자식의 인격을 존중하며 살아가야 할 시대임을 잊지 말아야 할 것이다.

꼰대가 되어 가다

직장인이 되어 자신의 능력만큼 급여를 받고 살아가다가 결혼하여 자식이 생기면 자식을 부양해야 하는 의무가 생긴다. 그래서 직장에서 오래 살아남아야 한다는 부담을 갖게 되며 그런 이유로 점차 직장 상사의 눈치를 우선하게 되는 꼰대가 되어 간다.

회사 과장으로 재직하며 업무 시간이 지났는데 부장 이상의 상사들이 퇴근하지 않았을 때 과장인 자신은 상사들을 의식하여 자리를 지키고 있는데 아래 직원들이 퇴근하겠다고 하면 "어떻게 직장 상사들이 퇴근 전인데 퇴근하려 하느냐?"라며 잔소리를 하는 경우가 있다.

또는 회사 회식 때 상사의 기분을 맞추려고 자신의 행동을 지나치게 저자세로 아부하거나 심지어는 아래 직원들까지 동원하여 아양을 떨게 하는 경우도 있다.

처음 직장인이 되어 권위적이고 가부장적인 상사의 모습에 다소 놀랐던 시기가 지나고 승진해서 자신의 아래 직원이 생기면 서서히 그렇게 변해가다가 사회적 조건을 고려한 배우자와 결혼한 이후에는 더 심해지고 자식이 태어나면 늘어나는 생활비를 유지하기 위해 철저한 꼰대가 되어 가는 것이다.

그렇게 자신이 살아남기 위해서 일의 명분보다는 상사의 지시에만 맹목적으로 따르려 하거나, 공사 구분 없이 상사의 비위를 맞추는 데 급급한 나머지 부하 직원들에게 많은 부담을 주게 되는 것이다. 그러다 승진을 앞두고는 자신의 업무 성과를 과대 포장하려고 부하 직원의 공을 가로채기도 하고 경쟁 상대에 대해서는 음해성 유언비어를 퍼트려 제거하는 등 점차 자신의 목적 달성을 위해서만 살아가는 찌그러진 꼰대가 되어 가는 것이다.

꼰대가 되어버린 이들은 오로지 자신의 출세에 영향이 있는지를 먼저 가리고 사람을 대하기에 부하 직원들의 고통을 당연하게 여기며, 그렇게 출세한 자신이 성공적인 삶을 살았노라고 자부하기도 한다. 그러나 퇴직한 이후에 아무도 반기지 않는 자신을 발견하고는 뒤늦게 인간적인 관계를 만들어보려 하지만, 이미 꼰대의 이미지가 부하 직원들에게 저장되어 있어 관계는 다시 복

원되지 않는다.

이조 시대가 끝난 지 100년이 지나고 글로벌화된 현대에 젊은이들과 더불어 살아가려면 꼰대로서의 삶은 갈수록 짧아질 것이다.

이는 가정에서도 마찬가지다. 각종 통신망으로부터 전 세계의 흐름을 알 수 있는 시대에 부모라고 무조건 존중받으려고만 하면 그 또한 꼰대밖에 되지 않기 때문이다.

따라서 어른으로 존중받고 싶다면 젊은 사람들에게 먼저 존중하는 태도를 보여야 하는 시대에 살고 있음을 잊지 말아야 할 것이다.

패배를 경험하며

직장생활의 정점은 해당 조직의 최고 지위에 오르는 것이라 하겠다. 그러나 피라미드 구조에서의 승진은 누구에게나 그 한계점이 기다리고 있다.

승승장구하며 살아온 이들은 단 한 번의 패배에도 절망감에서 벗어나지 못하고 살아가게 되지만, 패배를 인생의 성공을 위한 소중한 자산으로 여기는 이들은 그 과정에서도 많은 교훈을 깨닫게 된다.

조직에서의 승진 여부는 그 조직에서만 해당하지만, 인생의 성패는 결국 죽을 때 판단되기 때문이 아닐까.

출세만을 위해 살아온 사람들은 어느 조직에서나 사회적 관계나 사회적 욕구에 민감하고 그것을 위해서 충실하게 살아간다. 그러나 최고 지위를 앞두고는 누구나 패배를 경험하게 되며, 이때 패배의 충격은 출세 욕구만큼 느끼게 된다. 그래서 그런 사람들은 자신들이 사회적으로 어느 정도의 부와 지위를 누리고 살았음에도 얼굴에 여유로움이 보이지 않는 것이다.

반면에 패배를 이른 시기에 경험한 사람들은 젊은 시기일수록 당시에는 상당한 충격으로 느끼지만, 세월이 흐를수록 그때의 경험이 더욱더 여유로운 삶을 살아가는 데 큰 자양분이 되고 있음을 알게 된다. 젊었던 만큼 다른 시각으로 인생을 살아볼 수 있고, 패배의 경험을 통해 자신의 친구와 라이벌을 구분할 줄 알게 된다. 진정한 친구는 자신의 패배를 함께 아파하지만, 라이벌은 자신의 패배가 있어야 승리할 수 있는 관계라는 것을 직접 체험하면서 명확하게 구분하게 되는 것이다. 이렇게 속을 털어놓을 수 있는 친구와 경계해야 하는 라이벌을 구분하게 되면 이후의 대인관계를 더 효과적으로 만들어나갈 수 있는 것이다.

직장생활을 하며 누구나 때가 되면 더 이상 승진하지 못하여 패배감을 느끼게 된다. 그러나 그 과정에서 마음의 자세에 따라 그대로 주저앉는 패배로 끝나느냐, 아니면 인생에서 끝내 승리하는 디딤돌이 되느냐가 달려있다고 할 것이다. 그래서 승패보다 중요한 것이 명분이 아닐까 생각한다.

제2의 삶 개척 시기

오랜 직장 생활을 마치고 제2의 삶을 개척해야 하는 시기가 되면 사람들은 새로운 일거리를 찾아서 살아가야 한다.

이때 과거에 잘나가던 시절을 잊지 못해 괴로워하며 제대로 앞으로 나아가지 못하는 이들이 있기도 하고, 반면에 훌연히 내려놓고 편안하게 살아가는 이들도 있다.

인생의 전반전은 끝나봐야 인생이 뭔지를 알고 살아가게 된다는 이치를 깨닫는다면 이 시기야말로 인생에 있어서 가장 가치 있는 시기가 아닌가 싶다.

이 시기에 퇴직과 재취업의 어려움을 경험하며 고향을 그리워하고, 부모의 장례식을 모두 치르며 인생의 무상함을 느낀 후 이를 극복하고 거듭나기 위한 노력들을 하며 말년을 준비해 가는 모습을 돌아보려 한다.

퇴직, 재취업

한 직장에서 오래 근무한 사람일수록 퇴직할 때의 허무함과 재취업의 어려움을 더 크게 느끼게 된다. 특히 공직에 근무하며 상대적으로 상위층에서 근무했던 사람은 그 정도가 더 심하다고 볼 수 있을 것이다.

일부 전문 직종은 퇴직해서 관련 업체에 일정 기간 재취업하는 경우도 있으나 대부분의 퇴직자는 이전 직장에서의 지위나 급여 조건과 비교할 수 없을 정도로 낮은 조건에서 근무하게 된다. 그래서 50대 이후에 퇴직하게 되면 우선 자신에게 닥친 현실을 냉정하게 인식하여 이전의 자신의 근무 조건을 완전히 내려놓는 마음이 필요한 것이다.

50대에 재취업 자리는 자신의 이전 지위와 유사한 자리는 거의 없으나 이전 지위와 근로 조건을 비교하지 않는다면 할 일은 많다.

50대에 재취업하여 월 200만 원 이상의 급여를 받으며 60대까지도 근무할 수 있는 직종을 알아보면 격일제 경비 근무와 회사 택시 운전, 주유소 주유 근무 등이 있다. 그 외에 배송 업무와 차량 검사 대행 등 위촉직으로 근무할 수도 있다. 이는 젊은 층에서 선호하지 않는 업종이기에 자신의 이전 지위를 내려놓으면 얼마든지 근무할 수 있는 것이다.

취업보다는 자영업을 하고자 할 경우에는 귀농이나 귀어를 하거나 자그마한 가게를 할 수도 있는데 가급적 소자본으로 할 수 있는 업종이 적합할 것이다. 이런 경우에는 사전에 철저한 준비가 필요한데 이는 50대 이후에 실패하면 복구가 어렵기 때문이다. 따라서 경제적 이익보다는 안전성에 우선을 두고 준비해야 한다.

50대의 재취업은 결국 이전의 자신을 잊고 현실에 맞게 소일거리를 찾으면 인생 후반전을 나름대로 보람 있게 살아갈 수 있을 것이다. 돈을 벌려는 마음을 적게 가질수록 삶의 여유로움은 더 커지는 이치라고나 할까. 아무튼 70대가 넘어서까지 오래 할 수 있는 일이 있다면 그 또한 행복하게 살아가는 방법이 아닐까 싶다.

귀향

퇴직 후에 귀농하는 사람들이 늘어나고 있는데 대부분 자신의 고향으로 돌아가고 있다. 아마도 어릴 적 순진했던 시절에 대한 그리운 마음이 남아있기 때문일 것이다. 해외로 이민 가서 살던 이들이 죽기 전에 고국 땅에 묻히고 싶어서 돌아오는 것을 보면 나이가 들수록 고향이 그리워지는가 보다.

그런데 고향을 좋아하지 않는 사람들도 있다. 아마도 그들은 어릴 적의 힘들었던 시절을 떠올리고 싶지 않아서 그럴 것이다. 그래서 그들은 과거를 잊고 현재 사는 곳을 고향으로 여기며 사는지도 모른다. 자신의 과거를 잊은 채. 그렇다고 해서 자신의 역사가 지워지지는 않는데도.

한편으론 고향에 가고 싶지만, 가지 못하는 이들도 있다. 그들은 배우자가 원하는 곳에서 살면서 마음속으로만 그리워하고 있는 것이다. 남들의 이목을 의식해서 부부가 함께 살아가야 한다는 생각에서인지는 몰라도.

그래도 갈수록 각자의 삶을 따로 살아가는 부부도 늘어나고 있다. 시골이 좋은 사람은 시골에서, 도시가 좋은 사람은 도시에서. 어쩌면 그런 부부가 더 솔직하게 서로의 심정을 이해하고 살아가는 것 같다. 굳이 나이가 들어서까지 부부가 함께 살아야 한다는 법은 없으니까.

필자는 서울시 영등포구 신길동이 고향이라 퇴직 후 이곳에 돌아와 살고 있다.

어릴 때 같이 살던 이들은 모두 떠나갔지만, 그래도 그 시절의 모습이 남아있는 것들이 있어 반가웠다. 자그마한 재래시장이나 내가 다니던 초등학교는 그 자리에 그대로 있었다. 1968년도에 막 설립된 학교에 입학했었는데 이젠 그 학교도 제법 오래된 학교가 되어 있었다. 몇 년 전에는 처음으로 초등학교 동창회에 나가 봤다. 처음에는 50대 후반에 만난 이성 친구들과 말을 놓기가 어색했는데 취기가 조금 오르자 어린 시절로 돌아가 편하게 대화할 수가 있었다. 코흘리개 시절의 친구들은 그래서 더 반가운가 보다.

하여간 고향은 늙어갈수록 그리워지는 곳은 확실한 것 같다. 그것은 아마도 엄마의 품처럼 포근했던 감정이 남아있기 때문일 것이다. 내 고향 신길동에도 그런 곳이 있다. 초등학교 5년 때 떠난 어머니가 하던 시계 점포 자리다. 지금은 도로가 확장되어 흔적은 없어졌어도 어머니를 만나러 갔던 그곳을 바라보면 그 시절로 돌아갈 수 있는 것 같아서 그저 마음이 편안해진다.

부모상을 치르고

때가 되면 부모가 세상을 떠난다. 다소 시기의 차이는 있지만, 대부분의 경우 50대부터 부모상을 치르며 상주 역할을 하게 된다.

상주 역할을 하며 장례식장을 지정하여 지인들에게 부고를 알린다. 그리고 장례식장의 준비사항을 점검한 후 상복으로 조문객들을 맞이한다. 이때 조문객들의 이목을 고려해 조화의 개수나 유명인사의 조화 등을 맞추기도 한다. 장례식이 끝나면 안장하거나 화장하여 납골당에 모신 후 조의금 중에서 비용을 정산하고 유족들끼리 잔여금을 분배한다. 이런 역할을 다했을 때 부모를 제대로 떠나보낸 것으로 여기는 것이 우리나라의 관습이다. 이렇게 부모상을 치르면서 보이고 느껴지는 것들이 있다.

부모의 유산이 많을수록 장례식 이후에 자식들 간에 분쟁이 심해진다. 남는 것은 돈밖에 없다는 생각 때문일까. 차라리 재산이 하나도 없는 부모라면 자식들은 장례식을 끝으로 부모를 떠나보내기 때문에 홀가분하게 치를 수 있지는 않을까.

장례식 때도 조문객이나 조화 등 격식에 얽매여 준비 과정에서 자식 간의 갈등이나 조문객에게 서운하게 하는 경우도 보인다.

그렇게 해서 부모의 장례식을 모두 치르고 나면 이제 고아라는 생각과 자신이 진정 어른이 되었다는 마음이 교차하게 된다.

부모가 살아있음으로 인해 늙은 자신을 못 느끼다가 부모의 장례식을 치르고 나면 더 이상 정신적으로 의지할 부모가 없다는 생각에 허전함이 밀려오며 이때부터 더 빨리 늙어 가게 된다.

다른 한편으로는 상대적으로 능력이 있는 부모 생전에는 그 위세에 눌려 있다가 부모가 떠난 이후에 자신의 권리만을 누리려 하는 자식도 있다. 이런 이들은 점점 더 찌그러진 모습으로 늙어 가게 된다.

50대 접어들어서 부모상을 치른다는 것은 사회적으로 자식의 도리를 다하는 순간이기도 하며 부모의 입장만으로 살아가야 하는 전환점이기도 하다.

어떤 부모이든지 간에 떠나보내는 순간의 기본예의를 지키며 치르면 될 것이고 그 이후의 일들은 상식적이고 이성적으로 해결하면 될 일이다.

그러며 더 이상 부모가 없는 성인으로서, 부모의 입장에서만 살다 갈 각오를 해야 하는 시점으로 보면 될 것이다. 떠난 부모에게는 더 이상 바랄 것도, 기댈 수도 없으니.

벗어나기

부모의 장례식을 치르고 나면 인생의 허무함을 느끼게 되며 자신의 삶을 되돌아보게 된다. 그러며 자신의 정체성이 무엇인지 알아보고 자신만의 삶을 살아 보려 하게 된다. 그래서 부모의 생전에 참았던 부분마저 돌아보며 자신의 삶을 살기 위해 '벗어나기'를 시작한다.

대부분의 부모는 자식들이 성장해서 때가 되면 직장에 들어가 적당한 나이에 결혼하여 자식을 낳고 화목하게 살아가기를 바라기 때문에 많은 부부가 부모를 의식해서 참고 살아온 것이다. 그래서 부모가 떠난 후에는 그런 부담에서 벗어나 각자의 길을 살아가게 된다.

이는 별거, 졸혼, 이혼 등으로 나타난다. 별거와 졸혼은 자식을 위해 부부로서의 법적 혼인 관계는 유지하고 있으나 각자의 삶을 살아가는 것이고, 이혼은 법적으로도 완전히 분리하여 살아가는 것이다. 그러나 이 모두는 각자 자신들에게 맞는 삶을 살아가겠다고 하는 의도에서 벌어진다는 점은 같다 할 것이다. 같이 살아가는 것이 서로에게 더 이상 도움이 되지 않고 부담만 된다면 따로 살아가는 것이 최선의 방법 아닐까.

이후 자신에게 맞는 짝을 만나면 동거를 하거나 재혼을 하게 된다. 이런 경우 처음보다 위험 부담이 더 클 수 있기 때문에 혼자 사는 것보다 함께 사는 것이 도움이 된다는 측면만 생각해서 결정하고, 결정한 이후에는 서로의 삶을 존중하며 두 사람이 정한 규칙을 지키며 살아가면 괜찮을 수도 있다.

여하튼 죽을 때 후회하지 않을 선택을 해서 살아가면 그만인 것이다.

자식에게 집착하여 죽을 때까지 힘들어하는 경우도 있다.

자식이란 본디 부모의 성행위로 인해 잉태되어 닮은 구석이 있게 태어난 한 사람으로 살아갈 뿐이라는 것을 깨달으면 여유로워지는데, 아직도 적지 않은 이들이 자식을 자신의 분신이나 자신의 여한을 이루어 줄 대상으로 여겨 오히려 갈등만 남기고 떠나기도 한다. 이렇게 자식을 마음속에서 내려놓지 않고서는 부부가 별거나 이혼을 해도 벗어나기는 어렵게 된다. 어쩌면 가장 어려운 것이 자식이 아닐까 싶다. 특히 엄마들의 경우 자신의 몸속에서 열 달간 있다가 나온 자식을 자기의 분신으로 생각하는 본성에서 분리되기가 쉽지 않을 것이다. 그러나 때로는 그런 부모의 집착이 자식에게는 오히려 부담으로 느껴질 수 있다. 게다가 자식이 결혼하여 새로운 가정을 갖게 된 이후에도 간섭이 계속되면 부모가 늙어진 이후에는 서로 왕래조차 안 하는 경우도 발생하게 된다.

자식은 부모만큼의 인생을 살아봐야 부모의 마음을 알 수 있으므로 부모가 살아있는 동안에 자식은 절대로 부모의 마음을 헤아릴 수 없다는 이치를 깨우쳐야 여유롭게 살아갈 수 있다. 돈과 마찬가지로 자식도 집착할수록 삶이 힘들어지고, 내려놓을수록 여유로워질 것이다.

배우자와 자식 이외에 친구 관계도 정리하게 되면 좋을 것이다. 현직에서 근무하던 젊은 시절에는 많은 인간관계를 맺으며 살아가나 퇴직 후에는 활동 범위가 줄어들어 친구 관계도 정리가 필요하다. 현직에 있을 때는 누구를 만났을 때 드는 술값이나 밥값에 부담을 덜 느끼지만, 활동 범위가 줄어들면 그 규모도 줄어들 수밖에 없게 되므로 비용이 덜 드는 친구와 함께할 수밖에 없다. 그러니 굳이 친구를 많이 만날 필요 없이 자신이 그리워하는 친구만 만나면 될 것이다.

아울러 자신과 정서나 취미가 맞는 상대를 만나 그의 나이와 상관없이 교류할 수 있게 된다면 더욱 여유로운 노후 생활을 보낼 수 있으리라.

말년 준비

제2의 삶 개척 시기를 퇴직 후부터 재취업하여 살아가는 시기로 본다면 인생 말년인 노년기는 급여를 받는 경제 활동이 제한되는 70대 중반 이후의 삶이라 할 것이다. 따라서 경제 활동을 할 수 있는 이 시기에 노년기를 대비해야 한다. 이를 금전적인 측면과 정신적인 측면, 그리고 사회적인 측면으로 구분하여 살펴보고자 한다.

금전적으로는 본인의 노후 연금 수령액을 예상하여 그에 맞는 경제 활동을 해야 할 것이다. 자신의 경제 활동이 가능할 때까지 국민연금 수령 시기를 늦추게 되면 말년에 더 많은 연금을 수령할 수 있다. 이렇게 자신의 경제 활동이 가능한 시기를 고려하여 연금 수령 시기를 선택하고, 경제 활동이 불가한 시점부터 연금 수령액만으로 어떻게 살아갈 것인지 계획해야 할 것이다.

정신적인 측면에서는 평균 수명이 과거 70세에서 100세로 연장되는 추세에 맞추어 자신의 나이에 0.7을 곱한 나이로 젊게 살아가야 한다. 늙었다는 순간에 자신의 삶은 다한 것으로 보아야 하기 때문이다. 젊은 마음으로 충분히 활동할 수 있다는 자세로 살아간다면 더욱더 생기 있게 살아갈 수 있을 것이다.

사회적으로는 노후에 할 수 있는 소일거리를 찾아두어야 한다. 혼자 할 것도 좋고, 함께 할 것도 좋다. 다만 비용이 적게 들수록 좋을 것이다.

예를 들어, 산책이나 등산 등은 혼자서 하거나 함께하기에도 적절할 것이고, 독서나 음악 등도 좋고, 바둑 등의 게임을 하는 것도 괜찮을 것이다.

좀 더 보람된 말년을 보내려 한다면 봉사활동을 할 수 있는 능력을 기르는 것도 좋다. 동화 구연 지도사나 심리상담사, 문화해설사 등의 자격을 갖추면 노후에도 자신의 활동 영역이 유지될 수 있을 것이다.

자신의 말년에 대해 준비하지 않으면 떠날 때까지 괴롭게 살다가게 된다. 자식에게 용돈을 받으며 살아가던 노인의 삶은 끝났다. 따라서 자신 스스로 노년의 삶을 여유롭고 보람 있게 살아가기 위해서는 이 시기에 제대로 준비해두어야 한다. 그저 늙어가는 불쌍한 노인으로 살아가지 않으려면.

노년기(인생 말년)

100세 인생 시대인 현대에 노년기는 70대 중반 이후의 시기로 볼 수 있을 것이다. 이 시기는 육체적·정신적 능력이 현저히 떨어져 감에 따라서 더 이상 돈 받고 일할 곳이 거의 없어 자신의 인생만을 살아가는 시기라 하겠다.

그러다 세상을 떠나게 되면 주변 사람들은 곧 잊게 되고 자식들에게만 그 모습이 남아있게 된다. 사랑을 주었는지, 상처를 주었는지. 어떤 모습으로 남겨지는가는 인생 말년의 모습에 달려있다 하겠다.

그래서 노년기에 있는 이들의 모습을 경제력, 건강, 품성, 사회활동 범위에 따라 구분해서 생각해 보았다.

경제력에 따른 현상

돈이 없으면 사람들이 자신들의 삶에 부담이 되는 존재로 생각하게 되기에 찾아오지도 않을 뿐만 아니라 자식들에게 가는 것도 싫어하게 된다.

자식들도 부모에 대한 경제적 지원을 몇 차례는 하지만 계속될 경우에는 부담스러워하며 회피하게 되고, 그런 자식들에게 서운하다고 말하면 연락을 끊고 살기도 한다.

즉, 돈이 없으면 노년기에는 홀로 고독하게 살아가야 하는 것이다.

돈이 많은 경우에는 만나는 사람은 많을 수 있어도 돈을 쓰지 않으면 점차 관계가 줄어들게 된다. 자식들도 마찬가지다. 그러니 만날 때마다 돈을 써야 하므로 돈을 지켜야 하는 시기에는 부담이 될 수밖에 없다. 그러다 제대로 돈을 쓰지도 못하고 남겨둔 채 떠난 후에는 자식들 간에 엄청난 갈등의 원인이 되기도 한다. 그런데도 자신의 돈을 지키기에만 급급한 사람들은 돈이 없는 이들보다도 더 외롭게 살아가게 된다. 아무도 그들을 불쌍하게 보지 않기 때문이다.

보편적인 경우에는 자신이 가진 재산의 경제권을 누가 갖고 있느냐에 따라 달라질 것이다. 배우자가 경제권을 갖고 있어서 자신은 배우자에게 용돈을 받아 쓰는 경우라면 경제적으로 독립하기 이전의 시기에 부모에게 간섭받으며 살았듯이 배우자의 지배를 받으며 살아가야 한다.

자신 스스로 행사할 수 있는 경제권이 있다 하더라도 그 재산 범위에서 자신의 역할이 정해진다. 지인들과 만나는 비용을 지불할 수 없으면 만나자고 할 수 없으며, 자식들에게도 부모로서 상황에 맞는 비용을 부담할 능력이 안 되면 부모로서의 권위를 누릴 수 없기 때문이다.

더 이상 재산을 늘리기 어려운 이 시기에는 자신의 경제권을 고려하여 어떻게 살아가야 할지를 결정해야 한다.

돈이 많으면 그 돈을 어떻게 쓰고 떠날지에 대해 자식들에게 이해시켜야 하고, 없으면 없는 대로 자식에게 아쉬운 소리를 자제하며 살아가면 될 것이다. 이 시기가 되면 자식들은 이미 어른이 되어 있기 때문에 그들의 삶에 부담을 주는 부모라는 인식보다는 경제적이건, 정신적이건 도움이 되는 부모였다는 기억을 남기고 가는 것이 중요한 것이다.

건강에 따른 현상

노년에는 건강해야 자신의 삶이 살 만하듯, 자식들에게도 부담이 안 되며 살아가는 것이 중요하다.

과거처럼 병중인 부모를 위해 빚을 내어 병원 치료비를 부담하는 자식은 거의 없을 것이다. 그저 자신의 경제적 능력 범위 내에서 치료를 받다가 떠난다는 각오를 가져야 한다.

자신이 아프다고 자식에게 병원 치료를 요구하거나, 병문안을 제때 안 온다고 야단을 치기라도 한다면 자식에게 상처만 줄 뿐이다. 그러니 스스로 치료받을 능력이 안 되면 적당히 참다가 떠나주면 될 일이다.

현대에 들어서 육체적인 수명이 급격히 늘어남에 따라 치매 환자가 급증하고 있다. 정신이 오락가락하는 부모를 집에서 모신다는 것은 그 자식의 가정생활이 정상적으로 이루어질 수 없으니 더 이상 기대해서는 안 될 것이다.

그런 경우를 대비해서 미리 얘기해두는 것이 좋을 것이다. 자신이 오락가락해지면 의사의 진단에 따라 요양원으로 보내라고.

그런 것이 정해지지 않으면 자식들 간에 갈등이 커질 수 있다. 누구네 집에서 부모를 모실 것이냐, 요양원에 보낼 것인가 말 것인가 등으로.

그런데 건강하더라도 자식들 집에 자기 맘대로 방문하여 잔소리하게 되면 아파도 적당히 참아가며 자식들의 안부 전화에도 고맙게 반응하는 부모보다 더 자식들에게 상처를 주게 되는 것이다.

자식들에겐 경제적 부담보다는 정신적 상처가 더 크게 남아있게 되니까.

품성에 따른 현상

이 시기에는 육체적 기능이 현저히 떨어짐에 따라 정신적인 면도 정상적인 수준에서 떨어지게 된다. 그래서 자식에 대해 서운한 마음을 언행으로 표현하는 경우도 발생하게 된다.

자식에게 자식 도리를 안 한다고 야단을 치면 처음 한두 번은 알았다고 하지만 점차 반복될수록 무덤덤한 반응을 보이다가 정작 앓아눕게 되면 나타나지 않을 수도 있다. 이미 그때는 자식들에게 부담만 되는 부모로 인식이 되었기 때문이리라.

원래 성질이 이기적이어서 늙어서까지 자기 위주로 표현하는 이들도 있다.

부모의 잔소리가 늘어갈수록 자식들은 마음에 우러나 부모를 찾아오거나 연락하려는 마음이 줄어들게 되고, 결국에는 부모가 자신의 집에 오는 것조차 꺼리게 된다. 결혼해서 한 가정을 꾸린 자식에게 결혼 전 함께 살았던 때의 관습을 고집하는 배우자의 부모를 좋아할 사람은 없기 때문이다. 그러다 결국 자식들은 자기 가정생활을 지키기 위해 자식 세대의 에티켓을 무시한 부모와 거리를 두게 되는 것이다.

과거에도 자기중심적인 부모는 자식이 많았어도 말년을 쓸쓸하게 보냈다. 성인이 된 자식에게 다정한 말 한마디도 하지 않는 아무 도움도 못 되는 부모를 굳이 찾아보려 하지 않는 것이다. 그래서 그런 이들은 자식과 같이 살아도 작은 방 안에서 홀로 살아가게 된다. 더 이상 자기 말을 들어줄 자식들이 찾아오지 않은 채.

그러나 뒤집어보면 아무것도 할 것이 없을 것 같은 이 시기가 후대에 가장 많은 본을 보여줄 수 있는 시기가 아닐까 싶다. 더 이상 돈을 벌어야 할 의무는 없으니 이전보다는 더 여유롭게 후대에 사랑과 격려를 보낼 수 있으니 말이다.

자식에게 부담을 주지 않으며 자식의 연령과 상황에 맞는 관심과 격려를 해 주는 부모가 자식이 성인이 되어서도 바라는 부모의 모습이다. 그렇게 자식이 갖고 있는 부모에 대한 환상을 깨지 않고 살다가 미소 지으며 떠나는 것이 가장 아름답지 않은가.

인생 말년에는 자신이 죽은 후에 자식들이 부모에 대해 어떤 생각을 갖고 살아가게 될지를 되새겨보고 살아가야 할 때인 것 같다.

사회활동에 따른 현상

노년기에도 사회활동을 하는 이들을 보면 정말로 알차게 살아가고 있는 것 같다.

현대에도 적지 않은 노인들이 각 분야에서 아직도 중요한 역할을 하며 사회에 귀감이 되며 살고 있다. 그런 그들의 삶을 들여다보니 나름의 원칙이 보였다.

그들은 자신의 분야에서 거의 한 우물만 팠다. 그리고 대중들이 인정할 만한 자격을 갖추고 있었으나 자신의 분에 넘치는 욕심을 내지 않고 시대 상식에 맞게 살아왔다.

90대에 들어선 나이에도 전국노래자랑을 맡고 있는 사회자는 밝은 표정으로 세대별 출연자에 맞추어 재미있게 진행하는 변함없는 자세가 오늘까지 그를 있게 한 것이고, 변화무쌍한 정치판의 유혹을 뿌리치며 오직 교단에서 후대에 좋은 인생 강의를 들려주고 있는 노교수 또한 그랬다.

80대에서는 영화배우로 벌어들인 많은 재산을 후배 영화인들을 위해 아낌없이 지원하며 활동하고 있는 이도 있고, 아직도 TV나 연극에서 자신의 역량을 발휘하고 있는 이도 있다.

그들은 단지 나이가 들었다고 대중의 관심을 받는 것이 아니라 아직도 자신들의 역량을 인정받고 있는 것이다. 그들은 자신을 대우받아야 할 노인으로 생각하지 않고 젊은 세대들과 소통하며 자신의 역할을 다하는 어른으로 살아가고 있기에 아직도 열정적으로 활동할 수 있는 것이다.

반면에 권력이나 재산만 좇다가 말년이 무참히 짓밟히는 경우도 보인다.

무력으로 최고 권력을 잡았으나 이후 90세가 다되도록 많은 이에게 능멸을 당하며 다니는 것도 제한을 받고 사는 이도 있고, 대기업을 이끌었어도 처자식의 사회적 물의로 인해 대국민 사과를 몇 번씩이나 하다가 70세가 되자마자 갑작스레 떠난 이도 있다. 심지어는 몇천억 원대의 재산을 갖고 있으면서도 자신의 부를 확장하기 위한 갈등으로 인해 끝내는 둔기에 맞아 60대 후반에 비명에 떠난 이도 있었다.

이들은 모두 너무 큰 권력이나 재산을 지키는 데만 집착함에 따라 많은 사람에게 큰 상처를 준 대가를 그렇게 혹독하게 치르게 된 것이다.

인생 말년까지 돈이나 권력에 집착하다가 그간 살아온 자신의 명분에 먹칠하는 경우도 볼 수 있다.

70대 후반의 나이에 30대에 근무했던 곳으로 다시 들어가 탄핵에 결정적인 도움을 준 탓으로 80대에 들어서까지 옥고를 치르고 있는 이도 있고, 한때 2000년 초까지 진보 진영 최고 지도자의 최측근이었던 이가 상대 진영 대통령 탄핵 과정의 마지막 실장으로 근무함에 따라 더 이상 어디에도 나타나기 곤란한 처지에 빠지기도 했다.

그들이 그런 선택을 한 것은 아마도 자신의 인생 전체에 대한 구상을 잘못했기 때문은 아닐까 싶다.

유교 문화에서 한참 벗어나 글로벌화된 현시대는 더 이상 나이가 들었다고 대접받는 시대가 아니다. 나이 든 만큼 어른다운 모범을 보이고 베풀어야 후대들이 예의를 갖추고 따르게 되는 것이다.

그래서 노년에는 자신의 일생에 대한 마지막 그림을 아름답게 잘 그려야 할 것이다.

뒤집어 볼 것들

행복이란 자기 스스로가 느끼는 만족과 기쁨인데 많은 사람이 세속적인 잣대로 행복의 기준을 단정하고 있는 것은 아닐까.

그래서 자신만의 행복을 찾아보기 위해 기존의 고정관념을 뒤집어보려 한다.

행복이란 각자 자기에게 주어진 상황에서 스스로 만족하고 기쁨을 누리는 데 있으니.

진정한 1등

사람들은 자기보다 앞서 나가는 이들을 부러워한다. 그래서 상대적으로 그들보다 뒤처진 자신을 비교하며 불행한 것으로 단정하기도 한다.

그러나 1등을 많이 한 이들이 반드시 행복할까. 그들이 언제까지나 1등만 할 수 있을까.

1등을 부러워하거나 1등에 집착할수록 행복은 멀어지는 것이다.

학창 시절에 학업 성적으로 평가받는 풍토에서 1등을 하는 학생은 상장과 함께 많은 이로부터 선망을 받기도 한다. 그러다 대학 진학 후에는 S대에 진학한 이들이 우월감을 느끼게 된다. 그 후 각종 고시에 합격하여 각 분야의 전문자격을 취득한 이들은 자기가 최고라는 자부심을 느끼게 된다. 그러다 각 분야에서 먼저 승진한 경우에는 선민의식까지 갖게 되기도 한다.

그러나 그렇게 승진해서 청와대까지 근무했던 이들 중 일부는 이후에 옥고를 치르는 등 곤혹스러운 상황에 처한 경우를 자주 보게 된다. 그것은 아마도 1등에 대한 집착이 너무 강한 나머지 인생 전체에 대한 명분을 보지 못한 탓이라 하겠다.

이렇듯 1등만 하기도 쉽지 않을뿐더러 끝까지 1등을 할 수도 없는 것이다. 그러니 1등을 하려는 목표를 갖고 정진하되, 매 순간의 결과에 대해서는 자신의 능력과 상황을 알고 자기에게 맞는 목표를 정해서 나아가면 될 것이다. 그들을 부러워할 필요 없이.

운동선수의 사례를 봐도 그렇다. 선수 시절 최고의 선수였던 이들이 은퇴한 후 지도자 생활을 하며 성공한 예는 거의 보기 드물다. 오히려 선수 시절에 이름도 잘 몰랐던 이들이 지도자로서 엄청난 성과를 거둔 경우는 자주 볼 수 있다. 이는 자기 혼자만 잘하면 되는 선수 시절을 보낸 경우에는 지도자로서 전체 팀원의 개별 능력과 팀워크를 향상시키기 위한 방법을 잘 모르거나 간과한 경우가 있는 반면에, 선수 시절에 성적이 좋지 못해 많이 고민하며 연습했던 이들은 지도자 생활을 하며 신입 선수나 성적이 안 좋은 선수를 어떻게 지도하면 효과가 있을지에 대해 잘 알고 있기 때문인 것이다.

그러니 선수 시절에 성적이 1등이라도 그의 삶이 계속 1등일 수는 없는 것이다.

그렇다면 진정한 1등은 누구를 말하는 것인가. 그것은 아마도 자신의 인생이 끝나는 시점에서 느껴지지 않을까 싶다.

지속해서 1등을 할 수 없다면 나중에 하는 것이 좋을 것이고, 인생의 마지막에 1등을 한다면 가장 좋지 않을까.

인생의 마지막에 1등을 한다는 것은 또 무엇을 의미하는 것인가. 그것은 아마도 자신의 삶에 대한 주변 지인들의 생각이 아닐까. 자신이 걸어온 해당 분야의 지인들이 그가 일정 부분 기여한 것이 있다고 여기면 충분할 것 같다. 성적으로 1등을 한 것이 아니라도 함께 근무하며 동료를 도운 것, 조직을 위해 헌신한 것 등에 대해 그렇게 생각하는 이들이 있다면 그만인 것이다.

얼마 전 TV 프로그램 〈서민 갑부〉에 방영된 어느 한 생선 가게 사장의 삶이 떠오른다.

그는 부친의 병원 치료비로 엄청난 빚을 떠안게 되고 아내가 떠나버린 참담한 상황에서도 두 아이의 아빠로서 열심히 생선 가게를 운영하여 10여 년 만에 빚을 청산한 것은 물론이고 아이들을 홀로 다 키웠고, 직원 4명을 둔 사장님이 되어 괜찮은 매출 실적을 거두고 있었다. 게다가 시장 한 공간에 자신의 사비로 도서관을 운영하여 시장 상인들과 고객들에게 문화공간을 제공하고 있었다. 자신이 젊은 시절에 형편이 어려워 제대로 공부를 하지 못한 여한을 대신해서 그리 한 것이었다.

방송을 보고 나니 50대 중반인 그가 이제 진정한 1등의 자리에 있다는 생각이 들었다. 사회적인 잣대에 의한 1등을 부러워할 수도 없는 어려운 처지에도 자식과 부모의 도리를 다하기 위해 쉬지 않고 앞으로 나아가 마침내 목표에 도달하고는 주변 이들에게 베풀며 살아가는 그는 이미 자기 인생의 1등을 달리고 있었던 것이다.

최고의 자녀 교육

자녀 교육은 오직 명문 대학을 나와 전문 자격을 취득하는 것만 성공이라 할 수 있을까. 그렇게 한다고 그 자식이 인생을 마감할 때 자기 삶을 보람되게 살았다고 생각하게 될까.

세속적인 관점에서의 상류층 행세를 하며 살도록 하려는 부모의 과잉보호나 지원이 오히려 자식의 앞길을 가로막는 것은 아닌가.

최근 언론에서는 S대 출신 부부가 자식들을 위해 온갖 지원을 한 것으로 떠들썩했다. 1970년대 말 대학교 본고사 마지막 세대로 진학했던 필자는 필기시험을 제대로 안 치르고도 대학원까지 진학할 수 있는 현 교육 체계에 놀랐다. 각종 서류전형과 면접으로 선발했다니 그 부모가 얼마나 노력을 했는지 알 것도 같았다.

위조 여부 같은 법적 문제는 법정에서 가려지더라도 그들의 자식이 너무도 당당한 목소리로 억울하다는 내용으로 인터뷰한 방송을 보고 놀랐다. 그들의 자식들은 조금도 잘못되었다는 생각을 못 하는 것 같아서.

그러자 몇 년 전 ○○대학 체육과에 진학한 자식에 대해 공정성을 문제 삼으며 고교 출석 일수 미달 사실을 확인하여 결국은 졸업 취소 결정을 내렸던 사례와 비교되었다. 당시는 법원 판결도 나기 전에 검찰 기소 내용만 갖고도 빠른 조치가 이루어졌는데, 그때 자기 자식의 서류 전형을 적극적으로 도왔던 그 S대 출신 아빠가 앞장서서 비난했던 것이 생생하게 떠올랐다.

그런 아빠 덕분인지 그 자식은 언론 인터뷰에서 잘못이 없다는 듯이 말했고, 그 부모는 위법은 없었다고만 하는 것이 참 이상하게 보였다. 왜 자기 집에 묻은 똥은 안 치우고 남의 집 오물에 대해서는 그리도 떠들어 댔는지. 더 이상한 것은 그 부모와 정치적으로 동지라는 정·관계의 많은 이가 오히려 검찰의 과잉 수사가 문제라는 식으로 관심을 돌리려 하는 것이다. 그들의 자식들도 다 그렇게 진학을 시켜서인지.

그렇다면 그들은 아들이 외고 재학 시절 공부를 하기 싫어해 일반고로 전학시킨 필자의 경우를 보고 바보라 하며 자식의 앞길을 막는 아빠라 할 것인가.

자식 교육의 첫 번째는 상식이 있는 성인으로 살아갈 수 있도록 하는 것인데, 그렇게 하기 위해서는 진실을 바탕으로 한 공정함이 무엇인지를 알게 해야 한다. 그런데 부모가 진실에 대해 동문서답하니 그 자식은 유리한 진실만 주장하며 억울하다고 생각하게 된 것은 아닐까.

두 번째로는 부모의 솔선수범이다. 부모가 진실하게 열심히 사는 모습을 보이면 자식도 그렇게 살아가게 된다. 그런데 밖과 안에서 부모의 언행이 다르면 자식도 똑같이 따라 하게 되는 것이다.

모범적인 사례로 S대 출신인 40대 후반의 어느 가수 생각이 난다. 그는 3남 중 2남인데 3형제가 모두 S대에 진학했단다. 그런데 S대 출신인 그의 어머니는 자식들에게 공부하라고 말하지 않고 아이들이 초등학교에 다닐 무렵부터 놓았던 공부를 다시 시작했던 것이다. 그런 엄마의 모습을 보고 자란 3형제는 자연스럽게 스스로 공부하는 습성이 들었다고 한다. 공부는 부모를 위해서 하는 것이 아니라 스스로를 위해 하는 것이라는 걸 일찍이 알게 되면서.

부모 중에 어느 한쪽이 자식을 잘못된 쪽으로 몰아가면 다른 한쪽에서 아이의 버팀목이 되어 주어야 한다. 그래야 아이가 버틸 수 있으니.

과거 숱한 소문 속에서 어린 남매를 두고 자살한 여자 탤런트는 어릴 적에 이혼한 아빠와의 소통도 막혀 끝내 그런 결정을 하게 되었다고 생각된다. 그 여파로 남동생과 아이들의 아빠인 전 남편도 그녀가 떠난 뒤 몇 년 후에 자살로 세상을 떠나버렸던 것이다.

반면에 아빠와의 관계가 돈독했던 한 여가수는 10년 가까이 가수 활동으로 번 엄청난 액수의 돈을 관리한 엄마가 모두 탕진하고 빚까지 진 사실을 알게 되어 결혼과 함께 독립하려 하자 언론에까지 나와서 딸에게 독설하는 엄마에 대해 슬기롭게 대처하여 많은 대중의 성원을 받으며 잘 살고 있다.

결국 최고의 자녀 교육은 부모가 진실하게 대하며 믿음을 주면 자식은 자신이 부모에게 존중과 사랑을 받고 있다고 느끼게 되어 커가면서도 부모와 소통하며 스스로 자신의 삶을 개척해 나갈 수 있게 되는 것이다.

선생과 스승

선생이란 지식을 가르치는 사람을, 스승이란 가르쳐서 인도하는 사람을 뜻한다.

요즈음엔 말을 배우는 시점부터 어린이집이나 유치원을 다니며 선생을 접하게 된다. 선생들은 취업할 때까지 사람의 인생에 상당한 영향을 주고 있다. 초등학교까지는 실력보다는 품성이 바른 스승을 좋게 보지만 중학교 이후부터는 학생의 학업 성적을 높이는 데 도움이 되는 실력 있는 선생을 선호하게 된다. 그래서 사람의 인생에 가장 중요한 사춘기인 중고등학교 시절에는 스승보다는 선생의 가르침만 받게 되는 것 같다.

선생은 자신의 우월적 지위에서 학생에게 일방적 지시를 하고 때로는 부당한 조치를 내리기도 한다. 자신이 선생이니까 학생은 당연히 선생의 지시를 따라야 한다는 생각만 갖고서. 그렇다 보니 어쩌면 중고등학교 시절에는 스승보다는 선생만 만나게 되는 것은 아닐까 싶다.

1970년대 중고등학교 선생들은 절대적인 권한을 갖고 있었다. 체벌을 해도 학생은 별 대응을 할 수 없이 그저 따라야만 했다. 당시에는 학급 평균 성적이 우수하고 학생들이 수업 시간에 잘 따르면 유능한 선생으로 인정받던 시절이었다. 이따금 선생의 지시에 거역하는 학생은 엄청난 벌칙을 감수해야 했던 것이다. 그래선지 필자의 경우 그 시절 스승에 대한 기억은 없다. 내 아이의 중고등학교 시절(2000~2005년)을 돌아봐도 그 부분은 별 차이가 없는 것 같다.

필자가 느낀 선생과 스승의 모습을 떠올려 보았다.

1970년대 남학교에는 거의 남자 선생만 있었다. 그래서 학교 선생들은 학생을 무력으로 통제하는 것을 당연시했다. 선생의 지시에 따르지 않으면 몽둥이로 엉덩이를 맞거나 빰따귀를 맞았다. 그래서 고교 시절에는 펀치가 제일 센 선생이 학생들 통솔을 잘하는 것으로 평가받았나 보다.

아이의 중고등학교 시절에는 체벌은 많이 줄었지만, 학교 선생들은 아이가 선생 말을 잘 안 듣는다고 부모에게 전화를 많이 했다. 체벌을 못 하니 부모에게 학교생활을 잘하도록 교육하라는 취지였다. 선생의 역할을 학부모에게 떠넘기려는 것은 아닌지 의심스러웠다. 그런데 돌아보니 모두 아이가 서울에서 학교 다닐 때였다. 시골에서 초등학교에 다녔던 5년 동안 4개 학교에서는 단 한 번도 전화를 받은 적이 없었던 것이다. 시골 초등학교에서는 그래도 스승들이 많았던 것인가.

필자가 초등학교 6학년이었던 1973년도에는 한 반에 80명이나 되는데도 당시 담임 선생님이 반 학생들에게 추억을 만들어 주려고 방과 후에도 학생들을 데리고 다녔으며, 당시 흔치 않았던 카메라로 사진을 찍어 주었던 기억이 있다. 필자는 동참하지 못했어도 학생들에게 삼촌 같았던 그의 모습은 아직도 필자에게 남아있다.

1997년도에 아이가 경북 영천시에 있는 초등학교로 전학 갔을 때, 당시 아이의 담임선생님이 도내 수학 경시대회 참가자를 지도하던 중에 전학 간 지 얼마 안 된 아이도 참가하도록 기회를 주었고, 좋은 성적을 내자 그리도 좋아했던 기억이 있다. 당시 그는 필자보다도 10년 정도 연상이었는데 학년이 바뀔 때 감사의 뜻으로 만나 식사를 함께 했던 적이 있었다. 그런데 당시 식당에서 만난 다른 학부모 엄마들이 반가이 인사하며 손에 들고 있던 돼지고기를 그에게 전하자 그는 필자에게 반을 나누어 주었다.

그때 보았던 아이들을 진정 사랑하는 스승의 모습은 가슴 속에 따뜻하게 남아있다.

필자에게도 마음속 스승이 한 분 있다. 그는 내 부친의 중고등학교 및 대학 동기동창이다. 1972년도에 홀로 된 부친이 연이은 사업 실패로 고생하던 중에 청주에서 선생으로 있던 그에게도 경제적으로 도움을 받은 적이 있었다. 필자가 4학년이던 시절인 1983년도에 그의 집에 처음 방문했을 때, 친 혈족이 온 것처럼 극진히 대접하는 그의 가족 모습을 보고 놀랐다. 다음날 모두 출근하고 그의 아내와 단둘이 식사를 하던 중에 내 부친이 그에게 빌린 돈을 못 갚고 있음을 알고 있어 "아버지가 제대로 돈을 못 벌어서 답답하다."라고 했더니 그녀는 "부모는 나를 세상에 태어나게 해준 것만으로도 고맙게 생각해야 한다."라고 했다. 그래서 너무 고마운 마음에 차비라도 받지 않으려고 그녀가 부엌에 간 사이에 간다고 말하며 집을 나섰는데 그녀가 버선발로 뛰쳐나와 소리를 쳤다. "엄마한테 그렇게 인사하고 가는 게 어디 있느냐!"라고. 그래서 되돌아가 인사를 했더니 그녀는 내게 차비를 쥐여주었다.

필자에게는 처음 들렀던 부친의 친구 집에서 그의 자식들까지도 무척 반겨주었던 모습과 그 아주머니가 떠난 내 어머니처럼 대해 주었던 사랑이 아직도 남아있다. 당시 청주에서 중학교 체육 선생이었던 그는 내게 가장 큰 사랑을 주었던 스승이었다.

진짜 사랑

사랑에는 사람 간의 사랑과 그 외의 사랑이 있다.

사람 간의 사랑에는 성적으로 느끼는 이성 간의 사랑과 그 외의 사랑이 있다. 성적으로 느끼는 사랑은 주로 육체적 본능에 따른 사랑이라 하겠다. 그 외의 사랑으로는 부모의 자식에 대한 사랑, 형제간의 사랑으로 나누어 볼 수 있다. 부모의 자식에 대한 사랑과 유사한 사랑으로는 스승의 제자에 대한 사랑을 들 수 있겠고, 형제간의 사랑은 친구에 대한 사랑과 유사하다고 볼 수 있을 것이다.

여기서 사람을 사랑하는 마음을 갖게 하는 진짜 사랑이 무엇인지 생각해 본다.

신이 인간에게 주는 아가페(agape)적인 사랑은 인간 간에는 없다고 본다. 부모가 자식에게 전혀 바라지 않는 절대적인 사랑이 없듯이. 그렇게 본다면 부모가 자식에게 주는 사랑은 무엇일까. 이는 인간 간의 사랑 중에서도 가장 아가페적인 사랑이 아닐까 싶다. 부모가 자식에게 무엇을 베풀 때 그래도 대가를 바라는 마음이 가장 적기 때문이리라.

그래서 사람을 사랑할 수 있는 마음은 부모에게 받은 사랑에서 생겨난다고 생각된다. 그중에서도 이성 부모에게 받은 사랑이 더 크게 작용하는 것 같다. 아들인 경우 엄마에게 사랑을 받은 만큼 부성애가 크고, 딸인 경우에는 아빠에게 사랑을 받은 만큼 모성애가 있는 것이다. 그렇게 보면 아가페와 에로스(eros)의 감정이 섞인 사랑이 사람이 갖고 있는 가장 큰 사랑이라 생각된다.

역사적으로 보더라도 이순신 장군과 이율곡 선생에게는 훌륭한 어머니가 있었다. 현대에 와서도 최근에 못난이 감자를 매입하여 자신이 운영하는 대형마트에 전량 판매하여 그 선행으로 대중들에게 좋은 소식을 들려준 대기업의 부회장을 보면 그의 어머니의 올바른 사랑이 보이고, 그 어머니의 아버지는 한국 최고 기업의 창업주로서 사람을 중시한 경영을 했던 이였다. 따라서 아마도 아빠의 사랑을 받았던 맏딸이 결혼하여 그 아들에게 제대로 된 사랑을 주었기 때문에 그도 사람을 존중하는 올바른 사랑을 기꺼이 실천하며 살아가는 것 아닐까 하는 생각이 드는 것이다.

반면에 집착에 가까운 사랑으로 성인이 되어서도 자식을 붙잡는 경우도 볼 수 있다. 과거 무력으로 정권을 잡은 이들의 딸들이나 대기업의 딸들은 거의 대부분 이혼하고 있다. 그녀들은 결혼해서도 아빠와의 관계에서 벗어나지 못하며 살고 있기 때문이리라. 아들의 경우에도 엄마와의 관계가 지나쳐서 결혼생활이 깨지는 사례를 쉽게 볼 수 있다. 이는 이성 부모의 사랑이 온전한 사랑이 아닌 자식에 대한 집착에 의한 것일 때 그 사랑을 받은 자식은 이성 부모의 뜻대로 살아가는 것을 옳은 것으로 착각하며 살았기 때문이다.

한때 미투 사건으로 언론을 뜨겁게 달구었던 일들이 있었다. 이런 남자들은 아마도 어릴 때 엄마와의 관계가 원만치 못했을 것이다. 그렇기에 그들은 여자를 존중하기보다 노리갯감으로 여겼던 것이다. 그런 경우에도 딸에게 부끄러운 아빠가 되어 사는 것이 부담되어 스스로 목숨을 끊은 이도 있었다. 아마도 딸에게는 좋은 아빠가 되고 싶은 마음이 남아있었기 때문이리라.

진정한 사랑이 사람을 위해 조건 없이 베풀 수 있는 마음이라고 볼 때, 그런 마음을 가진 사람은 어릴 적부터 이성 부모에게 인격체로서 존중받는 사랑을 받았기 때문에 자신도 다른 사람에 대해 그런 사랑을 베풀 수 있는 것이다.

필자도 초등학교 5년 때 떠난 어머니에게 받은 사랑과 가르침을 실천하며 살아가려 노력하고 있다. 확실한 내 편이었고 무한한 사랑을 베풀어준 어머니가 갑자기 떠나며 남겼던 말이 생각났다. "너는 커서 훌륭한 사람이 되어야 한단다."

생전에 자식들에게, 시집과 친정 식구들에게 자신의 도리를 다 했기에 추앙을 받았던 어머니의 말씀은 그렇게 인생의 교훈으로 남아있는 것이다.

구속

구속이란 행동이나 의사의 자유를 제한하거나 얽매는 것을 말한다.

통상 사회적인 관점에서 볼 때는 독재자들이 자기 권력에 대항하는 세력을 구속하기 위해 주동자들을 감옥에 가두거나 관련 활동들을 금지하는 것으로 볼 수도 있다.

여기서 필자는 사람이 태어나서 길들여지는 과정 또한 구속되어 사는 것 같다는 생각이 들어 인생을 살아가는 동안 사람을 구속하는 것들에 대해 생각해 보았다.

인간은 태어나서 성인이 되어 취업하기 전까지 부모나 선생에게 구속되어 자라게 된다. 먹는 것과 입는 것, 사람을 대하는 태도, 지식을 터득하는 정도 등 거의 모든 부분을 부모가 정해 주는 대로 하며 살아간다. 그래서 누구 자식이라 다르다는 옛말이 있는 것이리라. 그러다 학교에 다니게 되면서부터는 선생의 구속에 따르게 된다. 선생의 역할은 부모의 위상과 반비례해서 작용한다고 할 것이다. 부모의 수준이 높으면 선생의 역할이 작지만, 부모의 수준이 낮으면 그만큼 선생의 영향을 크게 받게 된다. 그러다 사춘기 즈음에는 친구 관계에 구속되고 취업해서는 직장 상사에게 구속되며 결혼해서는 배우자에게 구속되어 살아가게 된다. 심지어는 자식에게 구속되어 살아가는 경우도 있다.

부모가 정해준 대로 자라서 학교에 간 아이는 초등학교에 다니면서 선생의 지시에 순응하는 모범생으로 자라도록 길들여지고, 친구 관계도 공부를 잘하거나 반장 등을 해야 리더십이 있는 학생인 양 길들여지게 되는 것이다.

취업해서는 승진하기 위해 직장 상사의 지시에 적극적으로 구속되어야 하며 결혼해서는 배우자에 의사에 구속되어 생활 방식이 바뀌는 것이다.

그래서 결혼 후 친구 관계나 사회적 관계가 정반대로 바뀌는 경우를 흔히 볼 수 있다. 예를 들면, 결혼 후 친구들 모임에 나오지 못하거나 나와도 일찍 들어가는 경우가 있고 지인들을 만나 밥값조차 제대로 내지 못하는 이들도 볼 수 있다. 이들은 이미 경제권을 배우자에게 넘겨주어 배우자들에게 하루 용돈을 받아서 생활하기 때문이다.

이렇게 구속되어 살다가 심지어는 자식에게 구속되어 사는 이들도 있다. 보통 이런 경우는 엄마들이 자식에 대한 집착이 강한 경우인데 자식을 위해 학군이 좋은 곳으로 이사를 하거나 자식의 학원비를 충당하기 위해 남편의 생활비를 줄이거나 기타 지출을 줄이는 식으로 살아가고 있는 것이다. 그러다 그 자식이 결혼하면 자식이 있는 곳으로 이사 가서 손주를 돌보아주는 등 살림을 도우며 살아가는 이들도 자주 볼 수 있다. 그렇게 늙어가면서까지 자식들에게 집착하면서 자신들이 진정 원하는 삶을 살아보지도 못하고 떠나는 이들도 있다.

반대로 자식이 결혼해서도 부모에게 경제적 지원을 받고 있다면 부모에게 지원을 받은 만큼 구속을 당하며 살아가게 된다. 그런 경우 지원을 받은 자식의 배우자도 함께 구속되어 살아가게 되는데 이런 경우에 부부간의 갈등이 심해져 결혼생활이 깨지는 경우도 있는 것이다.

사회적으로 넓게 보면 유명 연예인이 기획사와 팬들에 의해 구속되어 살고 있다. 그들은 기획사와의 계약서에 묶여 계획대로 활동해야 하며 팬들의 인기를 지속해서 받아야 하는 의무가 주어진다. 그 때문에 슬픈 일이 있을 때도 대중 앞에서는 항상 웃는 표정으로 활동해야 하는 구속에서 벗어나지 못하고 있는 것이다. 그런 구속에서 벗어나려고 은퇴하거나 활동을 중단하는 이들도 있다. 그러나 그마저도 할 수 없을 때 스스로 목숨을 끊는 경우도 이따금 발생하고 있다.

정치인들도 비슷하다고 볼 수 있다. 자신이 속한 정당을 기획사라고 보고 지지자들을 팬으로 보면 연예인과 다를 바 없다 할 것이다. 그래선지 이들 중에도 자살하는 이들이 종종 나오고 있다.

아마도 이들은 모두 자신의 마음속 자유를 제대로 누릴 수 없는 구속 상태에서 벗어날 수 없었기에 영혼의 자유를 얻고자 육신의 목숨을 끊은 것으로 생각된다.

몇 년 전에 남의 일로만 생각되었던 일을 필자도 경험했다. 어린 시절 어머니가 세상 떠난 후 외동딸로서 중학교 때부터 집안 살림을 도맡아 했던 누이가 스스로 목을 맨 채 세상을 떠났던 것이다. 맞지 않는 배우자를 만나 살다가 경제적으로 어려워지며 삶의 희망을 스스로 끊은 것이었다. 그런데 그녀가 떠난 뒤에 후회되는 것이 떠올랐다. 그녀가 배우자에 대해 너무 부정적이어서 필자가 "그렇게 살려면 이혼하든지 죽든지 해라."라고 했던 말이었다. 어쩌면 그녀는 이혼할 바에는 죽음을 택했는지도 모른다. 그것이 그녀의 아빠에게서 들었던 “여자는 출가외인이다.”라는 말 때문인지는 몰라도. 그런데 어처구니없는 것은 그녀의 유골이 내 부모의 납골 묘역에 안치되어 있다는 것이다. 그녀의 배우자가 그리해 달라고 그녀의 오빠란 이에게 부탁했다는 것이었다. 그렇게 그녀는 아빠의 말에 구속되어 그런 선택을 했지만, 결국은 부모의 납골 묘역에 돌아와 있다.

아빠 품이 그리워서인지는 몰라도.

또라이

'또라이'란 생각이 모자라고 행동이 어리석은 사람을 뜻한다. 소위 미친놈이라는 것이다. 그런데 이 또한 세속적인 잣대로 평가되는 경우도 적지 않은 것 같다. 당시에는 미친 것처럼 보이는 행동을 했지만, 훗날 엄청난 활약을 한 이들이 적지 않았기 때문이다.

많은 발명을 해낸 에디슨의 경우에도 당시에는 미쳤다는 말을 들었고, 명곡을 만들었던 음악인들의 경우에도 그런 과정을 거친 경우가 많았다.

그런 경우를 보면 또라이란 세속적인 잣대로 남들처럼 행동하지 않을 때 붙이는 말이라는 생각이 든다.

한국 사회에서도 또라이 같은 사례를 찾아볼 수 있다. 경부 고속도로를 건설할 때 많은 사람이 미친 짓이라고 했다. 그러나 현재 그것이 나라를 발전시키는 토대가 되었음을 많은 이가 인정하고 있다. 물론 아직도 인정하지 않는 또 다른 또라이들도 있지만.

정치 쪽으로는 과거 대권에 출마한 이들 중에 반값 아파트를 제공해 주겠다는 공약을 내걸었던 이도 있었다. 당시에는 말도 안 되는 미친 공약으로 간주되었으나 이후 소 떼를 몰고 자신의 고향에 다녀온 그의 행동을 비추어 봤을 때 정경유착의 고리를 떼어 낸다면 가능했을 수도 있었다는 생각이 든다. 그가 많은 해외 시장을 맨발로 개척했던 사례들을 보니.

또라이를 다른 한편으로 보면 정신적 장애가 있는 사람으로 볼 수도 있을 것이다. 그 정도가 심하면 정신병원에 가서 치료를 받게 된다. 현대에 와서 갈수록 또라이가 많아지는 이유에 대해 동네에서 만난 50세 소녀의 답변이 떠올라 웃음이 난다. "그것은 정신과 의사가 많아져서 그래요."라는 것이었다. 그 소녀는 어릴 적 가정환경의 변화에 따른 충격으로 정신장애 등급을 받아 통상적인 사회성은 다소 떨어진 상태였으나 어떤 부분에 관한 판단은 똑똑한 대졸 출신 못지않은 안목을 지니고 있었던 것이다.

모든 사람에게 정신적 장애는 어느 정도 있다고 본다. 단지 그것이 가정이나 사회에 물의를 일으키는 정도에 따라 환자 여부를 가리는 정도라고나 할까. 치매의 경우와 유사할 수도 있다는 생각이 든다. 둘 다 가족이 돌볼 상황이 안 되면 정신병원이나 요양원에 보내니까.

그런 측면에서 정신장애성 또라이는 어쩌면 부모의 지나친 구속으로부터 나오는 경우도 많지 않은가 하는 생각이 든다. 멀쩡하던 아이가 학교에 잘 다니다가 갑자기 가지 않는 경우나 성인이 되어 직장생활을 하다가 정신적인 스트레스를 참지 못하고 때려치우는 경우라면 감정 조절이 안 되는 만큼 부모에게 구속되었던 것은 아닐까. 자살할 정도는 아니지만, 자기 스스로 현실을 살아가기 힘든 만큼 부모의 구속이 심했던 것은 아닐까 싶다.

그런데 많은 부모가 자신들이 자식에게 했던 행동은 돌아보지 않고 정신과 의사의 진단에 따라 약을 복용하게 하거나 병원에 입원시킨다. 부모인 자신들보다 정신과 의사가 자기 자식에 대해서 더 잘 알고 있으리라는 확신을 가지고.

필자 주변에 있는 대부분의 또라이는 어느 정도 자신의 증상을 알고 있다. 단지 사리 분별이 늦거나 감정 조절이 잘 안 되는 정도다. 그럼에도 부모가 또라이로 단정하면 정신과 의사의 치료를 받아야 하는 것이다.

그러나 더 큰 사회적 문제는 잘잘못도 모르는 경우에 일어난다. 정치 논리로 정권이 바뀔 때마다 권력을 잡은 집단 중에 자신의 잘못을 모른다고 하거나 자기 편의 잘못을 무조건 감싸는 언행을 서슴없이 하고 있는 것이다. 그것도 소위 최고 수준의 학력을 갖춘 이들이 말이다. 그런 것을 보면 그들은 권력에 취한 또라이 중의 상또라이가 아닐까 싶다. 그들은 권력이라는 대상만을 좇는 자신의 모습이 얼마나 이상하게 보이는지 모르고 있는 것이다. 자신들을 비추는 거울마저 찌그러져 있는지.

우리 주변에 있는 대부분의 또라이도 뭐가 이상한지는 알 수 있는데.

혈액형별 특성

사람의 성격을 살펴볼 때 혈액형이 어느 정도 작용한다고 볼 수 있다. 이는 부모로부터 물려받는 유전적인 것인데 각 혈액형은 우월하거나 열등한 것 없이 장단점이 있다고 본다. 그러니 상황에 따라 자신과 맞는 혈액형과 함께한다면 그 시너지 효과가 더욱 커질 것이다.

A형은 소위 '모 아니면 도' 식이라 하겠다. 바꾸어 표현하자면 '주변머리 없는 사람'이라고도 볼 수 있을 것이다. 남을 의식하지 않고 사교적이지 않아 대인관계가 그리 넓지는 않으나 한 번 믿은 상대에 대해서는 믿음이 오래가는 편이고 그런 상대에게는 속에 있는 생각을 상대가 묻지 않아도 먼저 말하는 경우가 있으며 화법은 직설적으로 표현하는 경향이 있다고 본다.

B형은 A형과 거의 반대 성향을 지니고 있다. B형은 남의 이목을 우선하여 행동하는 경향이 있어 소위 '소갈머리 없는 사람'이

라 볼 수 있다. B형은 현실적인 성향으로 인해 주어지는 상황마다 유불리를 판단하여 행동하며 윗사람으로부터 남이 보는 앞에서 질책을 받게 되면 자신이 무시당했다는 모욕감을 크게 느끼게 된다(반면에 A형의 경우에는 자신을 믿는다는 확신을 주면 그런 경우에도 자신을 믿기 때문에 윗사람이 그렇게 대한다고 생각하는 편이다).

또한, 자신의 속마음에 있는 것은 남의 경우를 말하는 것처럼 제3자적 화법을 구사하기 때문에 그런 표현을 하면 자신의 마음을 표현한 것으로 이해해야 한다.

O형은 두루 원만한 성격으로 대인관계가 넓은 이들이 많다. 각종 모임에서 분위기를 잡고 모나지 않아 모든 유형의 사람들과 원만히 관계를 맺기도 한다. 반면에 O형은 자신의 속마음을 제대로 잘 표현하지 않는다. 따라서 겉으로 보이는 언행만으로 O형의 속마음을 알고 있다고 판단하면 큰 착오를 일으킬 수 있다. 그리고 내적 자존심이 강한 만큼 자신에 대한 비난을 들으면 모욕감을 크게 느껴 강하게 반발하거나 심한 경우 자살로 이어지기도 한다.

AB형은 A형과 B형의 기질을 다 갖고 있는데 상황에 따라 A형이나 B형 성향을 나타나게 된다. 결혼하여 배우자가 A형이면 B형 성향을 보이고 그 외의 혈액형이면 A형 기질을 보인다고 본다.

결혼 생활을 하면서 기질도 상대에 따라서 바뀌게 된다. 최근에는 여자의 기가 세져 부부가 같은 혈액형이면 여자가 A형화 되고, 남자가 B형화 된다. 이는 경제권이나 가정생활에 대한 결정권을 대부분 여자가 행사하는 경향에 따른 것으로 추정된다.

어느 혈액형이 좋고 나쁜 것은 없다. 혈액형별 특성을 보면 네 가지 혈액형이 상호 보완적 작용을 하고 있음을 알 수 있을 뿐이다.

같은 혈액형이라면 기질이 비슷하니 소통이 잘될 수 있으나 서로에 단점에 대한 보완 작용은 부족할 것이며, 다른 혈액형이라면 때때로 오해가 생길 수 있으나 서로의 단점을 채워주는 보완 관계가 될 수 있는 것이다.

따라서 상대의 혈액형에 따른 특성을 알고 대한다면 서로 간에 더욱 원활한 소통이 이루어져 함께하는 경우에 엄청난 시너지 효과를 낼 수 있을 것이다.

누가 누구를 구원하는가

많은 사람이 종교를 갖고 주기적으로 종교 활동을 한다. 그리고. 슬플 때나 어려울 때면 기도하거나 성직자들에게 상담한다. 아마도 대부분의 사람은 기복신앙을 가진 것 같다. 인간이 자기 능력으로 어찌할 수 없는 것을 바라는 마음에서 자신들이 정한 절대 존재에게 이루어지도록 청하는 것이 아닐까.

북한에서 종교를 금하는 것은 그런 절대 존재가 김씨 일가여야 하기 때문일 것이다.

종교를 갖지 않았거나 종교를 갖고 있어도 무당이나 운명 철학원을 찾는 이들도 많다. 이들 또한 세상을 살아가면서 자기 뜻대로 되지 않는 현실에 대한 답답함에서 그 해답을 찾고자 하기 때문이리라.

그런데 필자에게는 이 모든 현상에 대해서 궁금한 것이 아직 남아있다.

왜 정상적인 가정을 가져 보지 못한 성직자들에게 그들은 상담하는 것일까.

결혼하지 못하게 되어 있는 천주교나 불교의 경우가 그렇고, 기독교도 결혼 외에 저잣거리의 경험이 없는 성직자가 제대로 상담해 줄 수 있는 것인가. 기독교의 경우에는 목회자도 가정을 가질 수 있어서 가장 대중적이지만, 그만큼 세습에 따른 부작용도 큰 것은 아닌가 하는 생각이 든다. 무당의 경우도 각종 귀신을 앞세워 앞길을 알려준다는 점은 기존 종교에서 갖는 기복신앙의 심리와 유사하다고 생각된다. 신앙을 앞세워 현실의 삶에 대한 해결책을 알려준다는 점과 뜻한 바대로 이루어지지 않았을 때는 자신을 반성하도록 정성이 부족했다고 하는 점에서는.

구원이란 사후세계에 좋은 곳으로 간다는 의미로 각 종교에서는 죽은 자에 대해 그리되도록 기도하게 하고, 산 자는 죽을 것에 대비해 열심히 기도하며 교리에 충실해 살도록 한다. 사후세계관을 빼면 산 자들이 인간답게 살도록 하는 데 도움을 주는 것은 종교의 긍정적인 측면이라고 볼 수 있을 것이다.

그러나 보편적인 삶을 살아가는 데 제한을 주는 종교 생활은 오히려 고통을 주게 된다. 해당 종교의 교리를 실천하겠다고 자신의 경제적 능력을 초과하는 헌금이나 시주는 현실의 삶에 제한이 될 수 있으며, 철야 기도 등으로 현실의 삶이 소홀해진다면 자신은 물론 주변 사람들에게도 불편을 끼치게 되는 것이다.

결국, 구원을 받으려는 마음으로만 종교 생활을 하는 경우에는 배타적인 교리만 따르게 되어 현실을 살아가는 데 제한을 주게 된다. 모든 종교는 나라가 먼저 있고 계층별 지역 사회가 있으며 가정이 있는데 그 틀 안에서의 삶에 도움이 되는 종교 생활이라야 가치가 있다 할 것이다.

사후에 누구에게 구원받는다는 것은 알 수 없다. 죽어 보지 않았기 때문에.

현재 삶도 기도함으로써 도움을 받고 싶은 마음도 없다. 공짜를 바라지 않기 때문에. 다만 인간으로서 인간을 존중하고 인간 간의 규정을 제대로 지키며 인간다운 도리를 다하며 살아가면 되는 것 아닐까.

아무리 노력해도 안 되는 것은 없다고 본다. 단지 되지 않을 것에 대해서 집착했기 때문일 것이다. 따라서 자신을 정확히 알고 능력과 상황에 맞는 계획을 세워 살아간다면 굳이 기도 등으로 해결되기를 바랄 필요는 없을 것이다.

인간 욕구 5단계 분석

매슬로(Abraham H. Maslow)라는 심리학자는 인간의 욕구를 5단계로 나누어서 분석한 바 있다.

1단계는 생리적 욕구로 육체적으로 느끼는 감각 등이 해당하며, 2단계 안전 욕구는 육체적 욕구에 대한 안전을 바라는 심리라 하겠다. 3단계 사회적 욕구는 남들과 비교해 1~2단계 욕구의 만족 정도가 느껴지는 것을 말하고, 4단계 인정 욕구는 남들에게 괜찮은 사람이라고 인정받고 싶어 하는 심리이며, 5단계 자아실현 욕구는 자신의 의지를 실현하고자 하는 심리라고 정의하고 있다.

필자가 보기에는 이 이론이 인간의 심리를 가장 적절하게 분석한 것 같아서 그에 따른 현상을 살펴보려 한다.

사람의 일생에 비유하면 태어나서 취업 전까지 부모에게 부양을 받으며 길들여지며 살아가는 시기에는 1~3단계로 발전한다고 볼 수 있다.

태어나서 식별이 제대로 안 되는 아기 때는 육체적 본능대로 살아가기에 1단계 심리상태로 살아간다. 배고프거나 자신의 몸에 불편함이 느껴지면 우는 것으로 의사 표시를 하는 것이다. 이 시기에 부모는 아기가 원하는 대로 해 준다.

그러다 말을 익히며 의사표시가 가능하게 되면 사람들의 언행을 따라 하게 되며 부모로부터 교육을 받는다. 이 시기는 2단계 안전 욕구 심리가 주를 이루는 단계로 잘못 보고 배우기도 하고, 말을 안 듣는다고 체벌 등의 위협을 받으며 언행을 통제받게 된다.

초등학교에 입학하게 되면 3단계 사회적 욕구가 커진다. 학교생활을 하며 친구들과 함께 어울리면서 남들과 비슷한 수준 이상으로 살아가고픈 마음이 들게 되는 것이다. 남들처럼 진학하고, 취업하고, 결혼하고, 제대로 된 집에서 살고 싶다는 심리는 이후 죽을 때까지 가장 주된 영향을 주게 된다.

4단계 인정 욕구는 고학년이 되면서부터 작용한다고 볼 수 있다. 학교 성적이 좋다고 부모가 칭찬하거나 선생님으로부터 학급 인원들 앞에서 칭찬을 받으면 만족감을 느끼는 것이다. 이후 명문대에 진학하여 좋은 직장에 취업하고 조건이 좋은 배우자를 만나 결혼하여 좋은 집에서 살게 되면 부모에게 인정받고 주변 이들의 부러움을 받는 것에 만족하며 살아가게 된다.

이후 40대에 들어서 직장에서 중견 간부 입장이 되면 실력이나 인품이 존경받을 만하며 조직에 필요한 사람이 되도록 명분 있는 일을 하려고 하게 된다.

5단계 자아실현 욕구는 자신의 의지가 강한 사람이 갖는 욕구로 일종의 성취욕이라 하겠다. 이런 심리는 빠르면 10대부터 나타날 수도 있고, 죽을 때까지 이런 심리를 갖지 못하는 경우도 있다. 그 이유는 어릴 적에 부모에게 자율적으로 살아왔느냐, 아니면 부모가 시키는 대로 하도록 길들여지며 살아왔느냐에 따른 차이인 것이다.

사람에게는 1~4단계의 욕구가 있으며 이는 성장하면서 1단계에서 4단계로 확장되는데 그 비중은 상위 단계의 욕구를 더 크게 갖게 되는 것이다. 그런데 5단계인 성취욕은 철저히 부모에게 지배당한 자식은 갖지 못하게 되므로 부모로서 자식을 어떻게 교육해야 할지, 자식으로서 무엇을 어떻게 지배받고 살아온 것인지를 되돌아봐야 할 것이다.

나라의 경우도 이와 비슷하다고 볼 수 있다.

대한민국이 건국된 이후부터 1950년대까지는 생리적 욕구와 안전 욕구에 허덕이다가 1960~1970년대에는 경제개발과 더불어 사회적 욕구와 인정 욕구가 커지게 되었고, 1980년대 이후에는 사회 각 분야에서 성취욕이 강한 이들이 등장하기 시작한 것이다. 군사 정권 시절에 경제개발을 이유로 당시 권력을 잡고 있었던 이들이 민주 세력과 선진문화를 추구하던 지식인층을 억압하여 당시에는 극소수였으나 그 뿌리가 이어져 1980년대에 들어서자 자아실현 욕구가 강한 사람들에 의해 민주주의 체제나 문화가 급속히 성장하게 된 것이다.

이를 사람의 일생과 비교해 보니 현재 대한민국의 모습은 적어도 사회적 욕구와 인정 욕구가 강한 사회로 성장한 것은 확실한 것 같다.

이제 누가 의식주를 위협하면 이를 돕는 이들이 늘어나고, 북한의 남침 가능성이 높다는 등의 안전 욕구로 위협해도 별로 흔들리지 않으며, 사회 분야별로 조직화되어 더 이상 정부 권력이 획일화시킬 수 없기에 각 분야의 전문가들이 나타나고 있고, 진정한 마음으로 아무 대가 없이 어려운 이들을 돕는 사람들이 늘어나고 있는 것이다.

이렇게 볼 때, 가르치는 위치에 있는 이들이 성장해 가는 젊은 이들에게 어떻게 대해야 하는지 보이는 것 같다. 어린아이들을 생리적 욕구나 안전 욕구로 통제하여 시키는 대로만 하도록 길들이려 하지 말고 스스로 사회적 관계의 중요성을 깨달아 사회적 욕구와 인정 욕구로 살아가게 한다면 우리 사회의 수준이 더욱 높아지지 않을까.

아울러 성취욕이 강한 아이들에게 도전할 수 있는 여건을 좀 더 만들어 준다면 사회 각 분야를 이끌어갈 리더들이 더 많이 등장하지 않을까 하는 생각이 든다.

행복한 직업

행복하게 산다는 것은 자신에게 맞는 직업을 선택하여 앞에서 언급한 인간의 욕구를 충족하며 살아가는 것이라 하겠다. 그러기 위해 자신에게 맞는 직업을 어떻게 찾을 수 있을 것인가에 대해 생각해 보았다.

직업은 사람이 생활해 나가기 위해 수입을 얻을 목적으로 하는 사회활동이다. 즉, 먹고 살기 위해 일하는 것을 뜻한다. 그런데 그 일이 즐겁지 않고 괴롭다면 자신에게 맞지 않는 직업인 것이다.

그렇기에 돈을 벌면서도 자신이 즐길 수 있는 것이라면 자신에게 맞는 최고의 직업일 것이다. 따라서 각자에게 맞는 최고의 직장에 대해 살펴보려 한다.

아무리 수입이 많아도 자신이 싫어하는 것이면 맞지 않는 직업이다. 또한, 자신이 아무리 좋아하는 것이라도 먹고사는 데 지장이 있으면 제대로 살아갈 수 없을 것이다. 여기서 좋아하는 것과 자신이 가장 돈을 많이 벌 수 있는 것이 다른 경우, 자신에게 맞는 직장을 찾아야 한다.

먼저 자신이 좋아하는 것을 순서대로 적어 본다. 그 후 자신이 돈을 잘 벌 수 있는 것을 적는다. 그런 다음에 자신이 좋아하는 것 중에서 순서대로 돈을 잘 벌 수 있는지를 비교해 본다. 그래서 기본적인 수입이 보장되는 직업을 선택하면 될 것이다.

여기서 자기가 좋아하는 것이라도 위법하거나 사회적으로 지탄을 받는 업종인지를 살펴봐야 한다. 아울러 같은 조건의 경우 사회에 도움을 줄 수 있는 것이라면 살아가면서 더욱 보람을 느낄 수 있을 것이다.

이런 것은 대학을 진학하기 전에 생각해 봐야 한다. 그래서 자신의 직업을 정한 이후에 자신이 진학할 대학과 학과를 선택해야 하는 것이다. 그래야 대학 생활도 보람 있게 보낼 수 있기 때문이다. 단순히 부모가 좋아하는 대학이나 전공을 선택해서 갔다가는 다니다가 그만두게 되거나 취업해서도 스트레스를 견디지 못하고 다른 길을 찾는 경우가 발생하게 된다.

과거 사례로 고교 시절에 이과였던 학생이 S대 법대에 진학한 적이 있었다. 당시 그 학교 법대 출신의 반수 이상이 사법고시에 합격했는데 그는 합격하지 못했다. 그 후 사업을 하다 실패한 그의 소식은 아무도 알지 못하게 되었다. 이과에서 그리도 공부를 잘했던 그가 만약에 자기 적성에 맞는 삶을 살았다면 그렇게까지 되었을까 하는 안타까움이 든다.

반대로 한 청년은 대학에 다니다가 전공이 맞지 않는다고 판단하여 자퇴 후 입대를 했다. 전역 후 미대에 입학했는데 만화가가 되겠다는 결심을 하고는 또 자퇴했다. 그리고 자신이 원하는 그림을 공부하기 위해 학원에 다니며 준비를 했다. 이제 20대 후반인 그는 이미 괜찮은 웹툰 작가가 되어있다. 그는 대학 진학부터 20대 중반까지 자신에게 맞는 직업을 찾아다녔고 마침내 자신에게 맞는 삶을 살아가는 것이었다.

행복한 삶을 살아가려면 자신의 직업을 즐기며 살아가야 한다. 그렇기 위해서는 자신에게 맞는 직업을 먼저 찾는 것이 중요하며, 특히 중고등학교 시절에 그것을 찾아야 한다. 단지 부모가 가란 대로 아무 대학이나 갈 필요 없이.

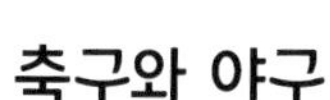

축구와 야구

현재 한국 사회는 축구 같은 사회에서 야구 같은 사회로 가고 있다는 생각이 든다. 축구는 지정된 인원이 정해진 시간에 상대적으로 골을 많이 넣으면 이기는 경기다. 야구는 지정된 인원이 아홉 차례에 나누어 공격과 수비를 교대로 하며 점수를 더 많이 내는 팀이 이기는 경기이며 축구에 비해 룰이 복잡하다.

축구는 정해진 시간이 지나면 경기가 끝나고 경기 중에 전원이 열심히 공의 흐름에 따라 움직이며 신속한 패스로 문전에서 골을 넣는다. 야구는 시간과 무관하게 정해진 공격과 수비가 끝나야 경기가 끝나는 것이고, 경기는 투수가 공을 던지는 순간의 집중력으로 결정되며 투수와 홈런 타자가 경기에 결정적인 영향을 미친다. 축구는 장비 없이 발로만 하는 경기이지만, 경기 중 부상의 가능성이 높은 반면에 야구는 장비가 많이 필요하고 손으로 하는 경기여서 부상의 가능성은 낮으나 공에 맞으면 큰 부상을 당할 수 있는 경기이다.

건국 초기 못살던 시절에 축구는 헝그리 정신으로 열심히 뛰며 몸이 부서져도 좋다는 투지로 임해야 좋은 성적을 거두었고 사람들도 그렇게 생각했다. 그래서 아시아권에서는 경제적으로 한참 차이가 났었던 일본도 이기는 등 최고의 성적을 거두었던 것이다. 그러나 현재까지도 세계 순위는 한참 밀려있다.

야구는 축구 이후에 미국과 일본을 통해 전수되었다. 1970년대까지는 일본과 경기할 수준이 못 되었는데 1980년대에 프로야구가 생기면서 점차 일본과 경기할 수준이 되다가 2000년대에 들어서는 올림픽에서 금메달을 딸 정도로 수준이 높아졌다. 야구는 축구보다 더 과학적으로 분석된 데이터와 장비를 통해 각자 타격과 수비 능력을 전문적으로 연마했기에 세계에서 3위의 수준을 유지하고 있다.

축구는 거의 모든 나라에서 즐기고 있으며 국가 경제력과 무관하게 국제대회에서 좋은 성적을 거두는 경우가 있다. 반면에 야구는 축구보다 훨씬 적은 나라에서 하고 있으나 실력은 국가 경제력에 비례하여 나타나고 있다.

이런 현상을 살펴보니 우리나라가 이제는 축구 중심 사회에서 야구 중심 사회로 나아가고 있다는 생각이 들었다.

과거 못살던 시절에는 맨몸으로 할 수 있는 축구가 국민 스포츠로 각광을 받았지만, 먹고살 만해지며 야구에 대한 수준도 높아져 이제는 광역 단위로 지역 연고제를 적용한 프로야구가 가장 인기 있는 종목이 된 것이다.

나라가 발전할수록 1차 산업에서 이제는 4, 5차 산업으로까지 세분화되고 전문화되었다. 국가 간의 전쟁도 육탄전에서 버튼만 누르면 반대편 대륙으로 핵무기가 날아가는 시대로 바뀐 것이다. 따라서 현대 국가 간 가장 큰 전쟁은 국가 경제를 좌우하는 무역 전쟁이라 할 것이다. 여기에 문화 경쟁도 치열해져 문화 수준이 높은 나라가 선진국이라는 평을 듣고 있는 것이다. 이제 한국도 경제적으로 세계 10위권 안에 드는 나라가 되어 문화적으로도 전 세계에서 그 실력을 인정받는 노래나 영화 등이 등장하고 있다.

과거와 현대를 살펴보니 맨몸 위주의 축구 같은 사회에서 각종 장비를 활용하여 전문적인 방법으로 발전해 가는 야구 같은 사회로 바뀌었다고 생각한다. 그러나 우리나라의 역사를 보거나 민족성을 보면 축구의 정신이 바탕이 되어 야구의 룰이 적용되고 있는 사회가 아닐까 싶다.

따라서 축구 경기를 하듯이 모두가 같은 방법으로만 행복을 추구한다면 현대의 삶에 맞지 않을 수 있다. 그렇다고 기본적인 자신의 역할조차 제대로 할 수 없는 상태에서 야구를 하듯이, 자기가 하고 싶은 것만 하겠다는 것도 이루어질 수 없는 환상이라 할 것이다.

부자의 모습

부자란 돈이 많은 사람을 말한다. 그래서 사람들은 부자를 부러워한다. 그런데 부자라고 해서 마냥 행복하기만 할까. 남에게 베푸는 것을 꺼리며 자기 돈을 지키는 데만 혈안이 되어있다면 얼마나 많은 스트레스를 받을까. 그렇게 보면 부자라고 해서 반드시 행복한 것은 아닌 것 같다.

그래서 행복한 부자의 모습을 찾아내고자 주변에 부자라고 하는 이들의 모습을 떠올려 보았다.

먼저 사회적 잣대로 부자라고 하는 이들의 모습을 정리해 본다. 재산이 100억 원 이상으로 대도시 지역에 건물을 보유하여 월세 3,000만 원 이상을 받고 있고 건물 관리인 등과 개인 기사를 두고 있는 사람들이 있다면 남들이 부러워할 수도 있을 것이다.

하지만 그들은 건물 임대와 관련된 분쟁이나 그곳에서 일하는 이들과 갈등을 겪는다. 임대차 계약 이행 중에 임대료의 미납액이 늘게 되면 계약을 해지하고 건물 원상 복구 이행을 위한 집행까지 해야 하는 경우도 있고, 근무하는 이들과 근로 조건에 대한 갈등을 겪기도 한다. 이렇듯 재산이 많은 만큼 이를 지키기 위한 걱정도 늘어나는 것이다.

그 외에도 대를 이어갈 아들이 없이 딸만 있거나 자식 중에 병으로 고통받다가 세상을 먼저 떠나는 경우도 있다. 이런 우환으로 인해 근심이 더해져 결국은 본인들도 몸이 쇠약해져 수시로 병원의 도움을 받으며 살아가는 이들도 있다.

이런 상황이라면 재산이 많은 것이 좋기만 하다고 할 수도 없을 것 같다. 어쩌면 이런 경험을 한 이들은 재산과 건강 중 하나를 선택하라고 하면 재산보다도 가족이 건강한 쪽을 택할 것이다.

다른 예로 홀로 노점을 하며 모은 재산 수십억 원을 죽기 전에 장학 재단에 기부한 노인도 있다. 그런 이들은 돈을 모은 목적이 이타적이었기에 그 과정이 힘들지 않았고 모은 재산을 일정 시점에 사회를 위해 환원했기에 지키기 위한 걱정은 없애고 자기 삶에 대한 보람을 극대화한 것은 아닐까 하는 생각이 든다.

또 다른 부자는 일찍이 젊은 나이 때부터 기부한 부부이다. 그들은 살아오면서 늘 기부하였기에 40대의 나이에도 수십억 원의 기부를 한 것이다. 그런 사람들이 젊은 시절에는 이해가 잘 되지 않았지만, 나이가 들다 보니 어쩌면 그들이야말로 어릴 적부터 남에게 베풀 수 있는 부자로 살아온 것이 아닐까 하는 생각이 들었다.

부자의 가치는 돈이 많은 것에 있는 것이 아니라 베푸는 데 있다고 본다면, 그들은 젊은 시절부터 자신들이 부자라는 확신이 있었기에 진작부터 남을 도울 수 있었던 것이 아닐까.

거짓말

거짓말이란 사실과 다른 말을 말한다. 행복하게 살아가는 데 있어서 가장 큰 장애물은 거짓말이다. 거짓말에 속으면 돈을 잃거나 육체적으로 고통을 받거나 사회적으로 지탄을 받게 된다. 따라서 행복하게 살아가려면 거짓말에 속지 말아야 한다. 그러기 위해 거짓말에 대해 분석해 보았다.

거짓말은 단순한 사실을 부정하는 것부터 시작한다. 한 것을 안 했다거나 본 것을 못 봤다고 하는 것이다. 이는 어리거나 수준이 낮은 경우에 자신이 사실대로 말하면 곤란한 경우에 처하는 것을 알게 되면서부터 하게 된다. 그래서 어린아이에게는 사실을 말했을 때 혼내면 안 되는 것이다.

그러다 좀 더 커지면 사실을 과장해서 말하기 시작한다. 이런 경우는 사회적 욕구가 강한 경우에 발생한다. 과거 해외여행이 자유롭지 못했던 시절에 미국에 잠시 다녀온 사람들이 미국 전체를 다 돌아본 것처럼 얘기하여 상대방에게 부러움을 갖도록 했던 사례 등이 그 예다.

이렇게 거짓말을 반복하다 보면 나중에는 없는 말을 만들어내기도 한다. 자신의 공을 내세우기 위해 하지도 않은 일들을 한 것처럼 꾸며서 말하거나, 남을 깎아내리기 위해 남이 무엇을 잘못한 것처럼 꾸며 말하여 소문을 내기도 하는 것이다. 이는 정치꾼이나 사기꾼에게서 자주 볼 수 있다.

여기에 학식을 쌓은 이들의 경우에는 사실 중에서 자신들의 주장에 유리한 것만 말하기도 한다. 전체 내용 중에서 핵심 내용을 빼고 말하거나 내용의 주제와 상관없이 예를 든 내용 중에서 부적절한 표현이 있으면 그 부분만 과장해서 떠들어대기도 하는 것이다.

이렇게 거짓말하는 이유는 무엇일까.

어릴 때는 혼나지 않으려고 하다가 점차 어떤 혜택을 받으려고 거짓말을 하게 된다. 부모가 성적에 따른 상벌 조치를 취할 때 아이는 성적표를 고치기도 한다.

사실이 아닌 것을 사실인 것처럼 말하는 경우는 자신의 능력을 과장하여 상대방이 믿도록 함으로써 그에게 어떤 이익을 얻고자 할 때이다. 사기꾼이 투자 시 엄청난 수익을 올릴 수 있는 것처럼 말하는 경우나 결혼 상대자의 스펙이 자신과 차이가 크게 나는 경우 자신의 스펙을 과장하거나 위조하는 경우를 볼 수 있다.

없는 사실을 사실인 것처럼 만들어 내는 이들은 거짓말의 고수로 소위 사회 지도층에 있는 경우가 많다. 이는 아직도 국민의 수준을 낮게 보아서 그러는 것이다. 국민을 속여 자신의 지지층을 확장하거나 상대방의 지지층을 줄어들게 하기 위해서이다.

결론적으로 거짓말을 하는 이들은 남들처럼 떵떵거리고 살고 싶은 욕망이 앞서서 남에게 해가 되더라도 자신의 이익을 좇는 마음이 강하기 때문이다. 그렇게 길들여졌기 때문에.

그런 거짓말을 분별하여 속지 않아야 자신의 행복을 지켜나갈 수 있다. 그래서 거짓말을 하는 이들의 사례를 돌아보았다.

거짓말을 하는 이들은 자신의 속마음을 절대 말하지 않는다. 거짓으로 말하거나 남의 얘기를 자신의 것처럼 말하여 상대방의 진실을 알아내고는 사기를 치는 것이다. 그러니 그의 말이 사실인지를 확인한 후 자신의 진심을 말해야 한다.

거짓말을 할 때는 진실임을 강조하여 상대방이 믿도록 하므로 그럴수록 의심을 하고 진실인지 확인해야 한다.

사람을 대할 때 거짓말을 하는지 의심하는 태도를 가진 사람은 자신이 거짓말을 잘하기 때문에 남들도 그런 것으로 생각하는 것이므로 그런 사람의 말도 따져 보아야 하는 것이다. 진실만 말하는 사람은 굳이 진실이라 말하지 않고 남들도 의심하지 않는 법이니.

때로는 거짓말을 할 줄 모르는 사람인데 거짓말을 하는 경우도 있다. 이런 사람은 판단력이 부족하여 거짓을 진실인 줄 알고 남에게도 진실인 것처럼 전하는 것이다. 그런 경우는 그 사람의 성향과 수준을 잘 살펴보아야 한다.

거짓말을 하는 사람은 끝까지 자신이 거짓말을 했다고 하지 않는다. 오직 자신은 그것을 진실이라고 생각했다고 할 뿐이다. 그러니 그런 사람에게 한 번 더 기회를 준다고 생각하다가는 더 큰 낭패를 당할 수가 있다.

그렇게 보니 사람이 쉽게 바뀌지 않는다는 말이 맞는 것도 같다.

행복하게 살아가려면 거짓으로 불행을 몰고 오는 이들을 구분할 줄 알아야 한다. 그래서 지식을 쌓는 것도 중요하지만 좋은 자, 나쁜 자, 이상한 자를 구분할 줄 아는 지혜를 쌓아가는 것이 제일 중요한 것 같다.

친구의 정의

친구란 가깝고 오래 사귄 사람을 말한다. 사람들은 대부분 자신과 같은 학교에 다녔던 동창생들이나 동네에서 같이 놀던 이들 중에서 자기와 마음이 통하여 성인이 되어서도 만나는 사람을 자신의 친구라고 생각한다.

사람은 보편적으로 사회적인 관계를 통해 더불어 살아가고 자신의 존재 가치를 느끼며 살아가고 있다. 그래서 살아가며 함께 어울릴 수 있는 친구가 필요한 것이다. 그러나 살아가면서 주변 친구들이 사라지기도 하고 바뀌기도 한다. 그러다 세상을 살아가면서 자신이 어려움에 처했을 때 기꺼이 발 벗고 나서서 도와줄 친구는 그리 많지 않음을 알게 되고, 각자 가정을 갖고 나서는 배우자의 눈치를 더 보게 되는 친구들을 보며 자신과 통하는 친구가 누구인지를 되돌아보게 된다.

그렇게 살아가다가 자신과 100% 통하는 친구는 세상 어디에도 없으며, 그렇기에 친구를 위해 자신의 위험을 무릅쓰고 도울 사람은 없다는 것을 알게 된다. 그저 대부분의 사람은 자기 가족이 우선이라는 생각으로 살아가는 것이다. 그런 심리를 모르고 친구가 자신과 같은 생각을 하고 있으리라 기대했다가는 오히려 실망만 커지고 자신만 가족들과 멀어지게 되는 것이다.

따라서 모든 인간관계와 마찬가지로 친구 관계도 주고받는 관계여야 지속될 수 있다. 그러니 친구에게 받고 싶은 마음을 먼저 주고 기다리는 수밖에 없다. 그마저 답이 없으면 관계를 끝내거나 자신이 주고 싶은 마음을 전한 것으로 만족하면 서운할 일도 없을 것이다.

가족이나 친구 중에서 자신과 조금이라도 통하는 사람이 있으면 다행이지만, 아무도 그런 사람이 없다면 자신과 통하는 벗을 새로 만들 필요가 있다.

자신과 생각이 통하고 대화를 하면 마음이 편해지는 사람은 관점과 성향이 비슷한 사람이다. 그런 사람은 남녀노소와 관계없이 누구라도 친구가 될 수 있다. 보편적으로 사람들은 자신의 가족이나 어릴 적에 같이 지냈던 친구 중에서만 찾기 때문에 정작 그런 지란지교(芝蘭之交) 같은 친구를 만날 수 없을지도 모른다.

지란지교란 서로 가치관이 비슷하여 서로의 모습을 보고도 마음의 평안과 활력을 주는 관계를 말한다. 그 때문에 그런 지란지교는 자신의 취미활동을 통해서 찾을 수도 있다. 각자의 취미란 그 사람의 성격과 가치관에 의해 생겨나는 것이기 때문에 취미활동이 비슷한 사람들은 서로가 비슷한 성향을 갖고 있어서 마음이 통하는 것이다.

그러나 남에게 보여 주기 위해서 취미활동을 하는 사람은 그런 마음을 느낄 수가 없다. 진정으로 그 취미에 몰두하며 기뻐하는 사람들만이 서로 통하는 마음을 느낄 수 있을 것이다.

지란지교의 관계에 있는 사람들은 서로 상대가 누군지가 중요하지 않고 단지 자신과 생각이 통하면 충분하기에 굳이 그 사람이 누군지 알 필요가 없다. 서로가 비슷한 성향이기에 굳이 상대의 눈치를 볼 필요도 없다. 그리고 자신과 비슷한 상대의 특성을 알고서 대하게 되므로 만나면 서로 마음이 편해질 수 있다. 예를 들어, 어떤 가수의 팬이라거나 좋아하는 음악 장르가 같아서 공통 관심사가 있으면 그런 관계가 될 수 있을 것이다.

그러나 적지 않은 이들은 사람을 만나면 먼저 그 사람이 누구인지를 알려고 신상에 대해 꼬치꼬치 물으려 하므로 상대방을 불편하게 하는 것이며, 상대의 신상을 알게 되면 그 사람의 모습을 사회적인 잣대로만 단정하여 대하려 하므로 상대에게 서운함만 주게 되는 것이다. 그래서 그런 사람들은 서로 같은 취미를 갖고 있는 척만 할 뿐, 실제로는 즐길 줄을 모르기 때문에 지란지교가 필요한 사람들은 그들에게 더 이상 자신의 마음을 열지 않게 되는 것이다.

지란지교의 관계가 되기 위해서는 남녀의 경우에는 이성이라는 인식의 틀에서 벗어나면 되는 것이고, 연령 차이가 있는 이들은 세속적인 관습의 틀에서 벗어나면 되는 것이다. 오직 서로 좋아하는 것에 몰두하며 즐거워할 수 있다면 그것으로 충분하기 때문이다.

반려동물

현대 사회에 들어서 갈수록 반려동물을 집 안에서 기르는 경우가 늘어나고 있다. 과거에 대가족이고 형제가 많았던 시절에는 개나 고양이가 집에 있어도 방 밖의 대문 쪽에서 길렀으나 핵가족화되고 1인 가정도 늘어나면서 사람들이 외로움을 달래고자 방 안에서 반려동물과 함께 생활하는 경우가 많아지고 있는 것이다.

필자에게는 개와 고양이에 대한 트라우마가 아직도 남아있다. 1970년대 초등학교 시절, 집에서 키우는 개가 집에 검침하러 온 직원을 물었던 장면을 목격한 것이었다. 그 후로 그 개를 멀리하게 되었고 어른이 된 지금도 개는 사람을 물 수 있다는 트라우마가 남아있다.

이후 당시 쥐가 많아 집에서 고양이를 키웠는데 새끼 때는 귀여웠던 그 고양이가 커진 후에 쥐를 직접 잡아먹는 것을 목격했다. 그 후 고양이가 개보다 더 잔인하게 생각되었고 공포 영화에서 고양이가 나오는 장면을 볼 때마다 당시의 기억이 떠올라 고양이 울음소리조차 싫어하게 된 것이다.

그래서인지 필자는 아직도 개나 고양이를 방 안에서 기르는 사람들을 이해하지 못한다. 그들이 아직 개가 사람을 무는 모습이나 고양이가 쥐를 잡아먹는 장면을 보지 못해서일 것이고 생각하면서.

하루는 동네에서 조그만 강아지와 함께 산책하는 60대 후반의 여인을 지나친 적이 있었다. 그런데 강아지가 "으르렁!" 하며 내게 달려오기에 1m쯤 앞에 왔을 때 발을 들며 오지 말라고 했더니 그녀는 내게 왜 강아지를 걷어차려 하냐고 했다. 순간 어이가 없어서 큰 소리로 "강아지가 내게 달려들어서 그런 거 아니냐?"라고 했더니 한 마디 사과 없이 그냥 가버렸다.

그 후 또 한 번 동일한 사례를 겪게 되었다. 이번에는 30세 정도의 젊은 여인이었는데 강아지가 내게 달려들어서 오지 말라며 발을 들었더니 입을 삐쭉거리며 지나가는 것이었다. 그래서 또 "강아지가 내게 달려들어서 그런 거잖아요." 했더니 그녀는 당당하게도 "얘는 사람 안 물어요." 하며 지나갔다.

그렇게 자신들의 반려견을 사람보다 더 믿는 두 여인의 태도를 보고 개 팔자가 상팔자라는 속담을 새삼 실감하게 되었다. 어쩌면 그녀들은 사람에게 실망했던 경험이 있어서인지 사람보다 자신의 애완견을 더 믿고 있었던 모양이다.

그런데 그런 그들을 보며 이런 의문이 든다. 과연 사람과의 관계를 완전히 무시하고 반려동물하고만 살면 더 행복할까?

아무도 찾아오지 않는 오지에 사는 경우라면 이해가 되겠지만, 도시에 사는 자신들이 주택가를 반려동물과 다닐 때 이를 신경 쓰는 사람들도 있다는 것은 왜 인정하지 않으려 할까.

아마도 그런 사람들은 사랑을 제대로 받지 못하고 살아와 사람 간에 살아가면서 배려하는 것이 무엇인지조차 알지 못해서 그런 게 아닐까 싶다. 그래서 자신이 반려동물을 대하듯이 지기 중심적으로 사람들에게도 그리 대하는 것이며 어쩌면 그들은 오히려 반려동물 때문에 사람 간에 느낄 수 있는 행복과 더 멀어져가고 있지는 않은가 하는 생각이 들었다.

택시에서 만난 사람들

2018~2019년에 서울에서 회사 택시 운전을 6개월 동안 한 적이 있었다. 주간 근무로 오전 4시부터 오후 4시까지 근무하며 하루에 8만 원 정도를 벌었다. 사납금과 가스비 9만 2천 원을 제외하면 17만 2천 원의 매출을 기록해야 하는데 이는 시간당 1만 5천 원의 매출을 올려야 하는 것이었다. 이를 위해 식사 시간을 아끼려 차내에서 간단히 김밥으로 식사를 했다. 승차 거부를 하지 않고 시간당 1만 5천 원의 매출을 올리기는 쉽지 않았기 때문이다. 택시를 하고 보니 왜 승차 거부를 하는지 이해가 되었다. 시간당 일정액 이상의 매출을 올려야 하므로 도착지에서의 탑승객 상황을 고려하지 않으면 빈 차로 이동해야 하고, 노인들의 경우 단거리를 이동하는 데도 골목길을 경유하여 집 앞까지 이동해야 하기에 거리에 비해 소요 시간이 오래 걸렸던 것이다.

택시 운전을 하며 하루에 20여 명의 다양한 사람들을 접하게 되었다. 그중에서 기억에 남는 모습들을 정리해 보았다.

오전 4시에 운행을 시작한다. 처음에는 유흥업소가 많은 지역으로 가서 귀가하는 승객을 태운다. 처음 택시 운전을 할 때는 취객의 시비가 있지 않을까 걱정했었다. 그러나 20~30대 승객들은 과거와 달리 매너가 있어서 6개월 정도 일하는 동안에 한 건의 시비도 없었다. 단지 내비게이션을 보고 가던 중에 자신이 알던 길이 아닌 경우에는 돌아가는 것 아니냐는 얘기는 들었지만, 목적지에 도착해서 요금을 확인하고는 수고했다는 말을 건네주었다. 새벽 운행을 하며 그래도 과거보다는 공공질서 의식이 나아진 젊은이들을 접하며 밝은 미래를 보게 되었다.

오전 6시부터 9시는 출근 시간대로 가장 바쁠 때다. 이 시간은 급히 회사에 출근하는 승객이 주로 탑승하게 된다. 그래선지 이 시간에 황당한 상황을 경험하게 되었다.

하루는 이태원에서 압구정동으로 가는 30대 여성 승객을 카카오콜을 받고 태운 적이 있었다. 카카오콜을 받으면 카카오 내비게이션의 안내에 따라 이동하게 되는데 그녀는 자기가 얘기하는 대로 가라는 것이었다. 가는 도중에 유턴 구간이 있어서 물어봤더니 길도 제대로 모르면서 택시 운전을 하느냐고 핀잔을 주었다. 참고 계속 가는데 한남대교를 넘어 유턴 코스에서 다시 물어

보니 또 "왜 길도 모르면서 미리미리 물어보며 가지 않느냐?"라며 계속 투덜거리는 것이었다. 그래서 택시 기사에게 너무 함부로 대한다고 말하며 차내에 녹화 장치가 있다고 하니 오히려 택시 회사에 전화를 걸어 택시 기사가 불친절하며 자기를 신고한다고 협박한다는 것이었다. 전화 후에도 자기가 탑승 시 트렁크에 짐 가방을 실을 때 택시 기사가 도와주지도 않았다며 계속 불친절하다고 떠들어 감정이 폭발할 지경이었다. 압구정동에 도착해서 하차한 그녀는 내리면서도 한마디를 더 했다. 하도 어이가 없어서 택시 회사에 전화를 걸어 상황을 설명하니까 차내에 녹음 장치는 없으니 차후에 그런 승객을 만나면 핸드폰으로 녹음해 두라고 알려주었을 뿐이었다. 승객이 내린 후 한동안 스트레스를 참지 못해 줄담배를 피운 후 조기 복귀하려고 차고지 방향으로 운행 중에 압구정동 일대에서 50대 여성을 태우게 되었다. 그때까지도 분한 감정이 남아있어서 조금 전 상황을 말했더니 그녀는 젊은이들이 강남에 근무하며 갑질을 많이 당해 자신들도 모르게 따라 했던 것 같다고 말해 주었다. 그 말을 들으니 일리가 있어 기분이 나아졌다. 젊은이들이 직장에서 반복해서 갑질을 당하다 보면 자신들도 모르게 따라 하게 된다는 생각이 들면서.

한번은 은평구 일대 2차선 도로에서 빈 차로 서행 중에 카카오콜이 떠서 확인하는 순간에 자전거를 타고 가던 70세가량의 노인을 차로 친 적이 있었다.

순간 놀라서 차를 세우니 그는 일어나서 병원에 가야겠다고 얘기했다. 그래서 택시 회사에 상황을 말하니 병원에 가게 되면 경찰서에 신고해야 한다는 것이었다. 전화를 끝내고 택시를 주차한 후 그를 만났더니 그는 우선 자전거 바퀴가 고장 나서 고쳐야 한다고 했다. 바로 앞에 자전거점이 있어서 물어보니 구식 자전거로 현재 매장에 없으니 주문해서 교체해야 한다는 말에 비용 7만 원을 지불하고 나와 그에게 병원에 가자고 하니 그는 병원까지는 안 가도 되겠다고 했다. 그래서 감사하다고 깍듯이 인사하고 택시 회사에 전화해서 잘 해결되었다고 전했다. 왜 그런 사고가 발생했는지 확인하기 위해 운행이 끝나고 택시 회사에 가서 블랙박스를 제출하고는 사본을 메일로 보내 달라고 했다. 귀가 후 영상을 보니 그가 승객을 찾아 서행하던 택시 앞에서 자전거를 타고 가다가 뒤를 계속 보더니 내가 카카오콜이 떠서 확인하는 순간에 택시 옆으로 들이받은 것이었다. 그래서 택시 회사 담당자가 영상을 보면 마음만 상할 거라고 했던 것이다. 그때 참 세상에는 여러 종류의 사람이 살고 있다는 것을 체험하게 되었다. 일부러 끼어들어 돈을 뜯어내고는 내게 배려해 주는 모습을 보인 영감과 접촉사고 현장에 있던 자전거점 주인은 서로 짜고 순진한 택시 기사의 일당을 갈취했던 것이다.

과거에 회사 택시가 합승하고 늘 과속으로 달리던 시절에는 승객들이 회사 택시보다는 더 안전하고 여유 있게 운행했던 개인 택시를 선호했었다. 그런데 하루는 이상한 경우를 접하게 되었다. 운행 중에 잠시 휴식을 하려고 주유소 앞에 정차하려는데 승객 한 사람이 개인택시를 그냥 보내고는 쳐다보는 것이었다. 그래서 차를 앞으로 댔더니 탑승해서는 자기는 개인택시를 안 탄다고 하는 것이었다. 이유는 개인택시를 타면 짧은 거리를 간다고 뭐라고 하거나 요금을 현금으로 달라고 한다는 것이었다. 회사 택시는 재취업한 기사들이 많아져 매너들이 좋아진 데다 사납금을 계산할 때 카드 매출액이 현금과 동일하게 계산되기 때문에 카드로 요금을 지불해도 뭐라 하지 않지만, 택시 운전을 오래 한 개인택시 기사는 본인이 사업주이기 때문에 세금을 적게 내려고 현금 결제를 요구하고, 좀 더 손쉽게 매출을 올리려고 장거리 위주로 운행을 하려다 보니 이미 그렇게 승객들의 인식이 바뀌어 있었던 것이다.

어느 날에는 약간의 감동을 받은 일이 있어서 나도 똑같이 한 적도 있었다. 시흥동 일대에서 70대 노인을 태운 적이 있었는데 기본요금 거리에 1만 원을 내면서 몸이 불편한 자기를 태워줘서 고맙다는 것이었다. 그 노인은 자기처럼 몸이 불편한 노인들을 태워 주라는 무언의 메시지를 보냈던 것이다. 그 이후로는 승차 거부 없이 모든 승객을 태우고 원하는 골목길까지 운행하게 되었다.

그러다 하루는 광명시에서 황당한 일을 겪게 되었다. 카카오 콜을 받고 승객을 태웠는데 40세 정도인 남자 승객이 탑승하며 어디로 가라고 해서 카카오 내비게이션이 안내하는 대로 운행했다. 그런데 그가 목적지를 잘못 입력해서 엉뚱한 곳에 도착하게 되었던 것이다. 그러자 그는 화를 내며 자기가 승차하며 목적지를 말했는데 왜 엉뚱한 곳으로 왔냐며 나를 때릴 것처럼 화를 냈다. 순간 그가 카카오택시를 부를 때 목적지를 제대로 입력하지 않고 승차하면서 다른 목적지를 말했던 것을 알게 되었다. 그래서 기사가 승객의 말을 잘못 알아들어서 그랬다고 사과하며 그가 말한 목적지로 내비게이션에 다시 입력하여 이동했다. 요금은 8천 원 정도 나왔는데 잠시 돌아온 것을 제하면 6천 원 정도는 받아도 되었으나 전에 시흥동에서 노인께 받은 추가 요금이 생각나 그가 하차할 때 기사의 잘못으로 인해 조금 늦게 도착했으니 그냥 내려도 된다고 하자 그는 잠시 멈칫하더니 꾸벅 인사하고 내렸다. 그렇게 70대 노인께 받았던 추가 요금을 40세 젊은이에게 돌려주었던 것이다.

이렇게 회사 택시 운전을 하며 느낀 점을 정리해 보았다.

회사 택시를 주간만 할 경우 주 6일, 1일 12시간 근무하면 하루에 8만 원, 한 달이면 208만 원 정도를 벌 수 있다. 필자의 경우 식사 시간도 없이 했으니 식사 시간 1시간을 빼면 200만 원 벌기도 힘들다는 생각이 들었다. 그래서 택시 운전을 오래 할수록 시간 대비 수입을 생각해서 승차 거부를 하게 된다는 것을 알게 되었다.

탑승객 대부분이 서민이었던 것을 보고 이제 택시는 과거처럼 부유층의 전용수단이 아니라 서민들의 교통수단이 되었음도 알게 되었다. 자가 차량이 많아진 현대에 택시를 이용하는 사람들은 급히 이동해야 하거나 몸이 불편한 서민들이 주로 이용하고 있었던 것이다. 그래서인지 택시를 하는 6개월은 내게 현재 서민의 삶을 실감할 수 있었던 좋은 경험이 되었다.

살아가면서 보통 사람들끼리 서로 행복하게 살아가는 방법은 많이 있다는 것을 깨달았기 때문인가 보다.

갑을 관계

갑을 관계란 상대적으로 유리한 지위에 있는 자와 불리한 지위에 있는 자와의 관계를 말한다. 살아갈수록 사회가 갑을 관계의 논리로 이루어지고 있음을 알게 되었다. 사람은 태어나서부터 부모라는 갑의 지배를 받고 길들여져 자라나 학교에서는 선생님이라는 갑의 지배를 받으며 배우게 되고 직장생활에서는 직장 상사라는 갑의 지시에 따라 근무하게 된다. 그러다 자신도 일정 지위에 오르면 길들여진 대로 똑같이 갑질을 하게 된다.

여기서 갑질하는 사람들의 심리를 들여다보려 한다.

갑질하는 이들은 자신들이 성장하면서 길들여진 대로 아랫사람에게 똑같이 대하는 것이다. 즉, 그들은 자신들의 의견을 존중받지 못하고 지시받는 대로만 하도록 길들여졌기에 자신의 아랫사람에게도 일방적으로 지시하는 것이다.

어릴 적부터 부모에게 존중받은 사람은 자식을 존중하며 대하고, 스스로 계획을 세워 이루어 온 이들은 자식들에게도 다그치지 않고 스스로 깨닫고 해나갈 시간적 여유를 주면서 지도하게 되는 것이다.

직장에서도 상사로부터 존중받고 소신껏 근무할 수 있는 여건을 보장받았던 이는 자신의 부하 직원에게도 그런 여건을 제공하는 여유를 갖게 된다.

결혼해서도 부모가 서로 존중하는 모습을 보고 자란 이들은 부부 사이가 갑을 관계가 아니라 서로 돕고 살아야 하는 동반자라는 인식으로 살아가지만, 갑을 관계로 알고 있는 경우에는 결혼하면서부터 주도권을 잡아야 자신의 결혼생활이 성공한 것으로 착각하여 서로 갈등만 커져 결국에는 깨지기도 하는 것이다.

문득 2013년도 즈음에 고교 동기생과의 대화 내용이 떠오른다. 당시 장관직 후보자들에 대한 인사청문회를 하며 각종 비리 등이 알려졌을 때 한 친구가 "왜 저리도 많은 비리 등을 갖고서도 장관직에 오르려고 하나?"라고 하기에 필자가 이렇게 대답했다. "자신들이 주체적으로 삶을 살아온 갑이라면 스스로 사양하겠지만, 문제가 많다고 얘기하는 이들은 자신들이 을로 살아왔기에 갑이 되고자 하는 욕구가 강해서 그렇다."라고.

세상이 글로벌화되고 소통 수단이 다양화된 현대에 갑질은 갈수록 여론의 질타를 받게 될 것이다. 그렇지만 자신이 을이라는 생각에서 갑만 탓한다면 갑질은 계속될 수밖에 없을 것이다. 자신의 위치가 을이어도 자신의 의견을 말하고 스스로 판단하여 살아간다면 점차 갑을 관계에서 수평 관계로 변해 갈 수 있을 것이다.

따라서 갑을 관계에서는 갑질하는 갑의 행태가 우선 문제라 하겠지만, 갑질을 하지 못하도록 갑의 입장에서 판단하고 행동한다면 갑질을 당하지 않을 수 있다.

사람이 살아가면서 을로서 갑질을 당할 때면 그 순간 불행하다고 생각할 수도 있다. 그러나 을의 위치에 있더라도 갑의 입장을 이해하여 주도적으로 풀어간다면 실질적인 갑으로서 더 많은 행복을 느낄 수 있을 것이라는 생각이 든다.

역사의식의 오류

현재 우리는 자유민주주의 체제의 대한민국이라는 나라에서 살고 있다.

오랜 세월 동안 왕조 시대를 거치며 쿠데타를 통해 나라가 바뀌었고, 일제 치하에 접어들면서 왕조 시대가 끝났으나 일제에 동조했던 이들이 청산되지 않았다. 이후 건국이 되었으나 6·25 전쟁으로 공산주의와 민주주의의 대립이 본격화되어 현재까지 이념 갈등이 남아있다.

그런데 최근에 벌어지는 진영 간 갈등은 다른 시각으로 볼 필요가 있어서 이를 살펴보고자 한다. 진실과 거짓을 구분하는 것조차도 진영 논리로 해석하는 경우에는 우리네 삶도 답답해지기 때문일까.

현재 집권 세력인 진보 진영은 한 집안에 대해 무자비한 검찰의 수사로 인해 인권이 침해되었다고 비판하며 검찰 수사 라인을 대대적으로 교체했다. 이에 대해 보수 진영은 대규모 시위로 현

정부의 탄핵을 주장하고 있다. 이전 정권이 탄핵당한 것이 억울하다고 하는 이들과 함께.

진보 진영이 집권한 이후 이전 정권의 대통령 및 핵심 지위에 있었던 이들 대부분이 검찰에 의해 재판에 넘겨져 옥고를 치르고 있다. 그 공으로 발탁된 검찰총장이 진보 진영 집권 세력의 측근 인사를 수사하자 이구동성으로 검찰의 수사권을 제한해야 한다고 떠들고 있다. 정작 정권을 잡은 직후 2년 동안은 검찰이 잘한다고 부추겨 놓고서는.

심지어는 진보 진영 사람들 중에서도 진실을 가리는 문제를 놓고서 진영 논리로 무조건 막으려 하는 것은 잘못된 것이라고 말하고 있는데 이제는 그들마저 배신자 또는 이단자라고 비난하고 있다.

이에 대해 보수 진영은 아직도 이전 대통령의 탄핵에 대한 의견이 분분하여 분열되어 있어서 명분 있는 대안을 제시하지 못하고 있다.

이런 위정자들의 뉴스를 접하는 국민은 그나마 어려워진 경제 상황에 더하여 나라의 현 상황에 대한 불쾌감만 늘어나고 있다. 진보건 보수건 정치권에 있는 그들 대부분은 자기들만의 부귀영화를 위해 진영 논리로 대중을 현혹하기 때문이다.

이런 상황을 보며 그들의 내면을 뒤집어 보려 한다.

대한민국은 해방 이후 미국의 지원하에 민주주의 선거를 통해 정부가 수립되었다. 이후 6·25전쟁을 통해 공산주의와 민주주의 체제의 갈등이 시작되었고, 그 갈등은 아직도 진행 중이다. 민주주의 선거 부정으로 초대 정권이 물러나 내각제로 바뀐 헌법하에 새로운 정부가 출범한 지 얼마 안 되어 군부에 의한 쿠데타로 정권이 교체되었고 그 정권이 장기 집권하면서 경제발전과 민주세력 탄압을 동시에 해왔던 것이다. 그러다 10·26으로 그 정권이 무너져 민주화가 될 즈음에 다시 등장한 군부 세력의 쿠데타로 인해 군사정권이 연장되었고 1987년도에 드디어 직선제로 개헌되었으나 민주 세력의 분열로 군사정권 출신 후보가 당선되었다. 그러나 이후에 있었던 총선에서 국민이 야당에게 과반이 훨씬 넘는 의석을 안겨주어 여소야대 정국이 되었고 결국 군사정권과 일부 민주화 세력이 합쳐진 새로운 여당을 만들게 되었던 것이다. 그 후 대선에서 최초의 민간 출신 대통령이 여당 후보로 당선되었으며 이후에는 진보와 보수 진영에서 교대로 정권을 잡게 된 것이다. 그리고 더 이상 군사 쿠데타는 일어나지 않았다. 앞으로도 그럴 것이지만.

건국 초기의 국가는 아기와 같다. 홀로 유지할 수 없기에 누군가의 도움을 받아야 한다. 대한민국도 건국 초기에 미국의 원조를 받고 성장했다. 경제 발전이 이루어진 이후에 민주화가 되어 문민 대통령이 선출된 이후 국민은 정권을 잡은 세력들이 잘못했다고 판단되면 보수와 진보 진영을 교대로 바꿔버렸던 것이다. 이렇게 산업화되고 민주화까지 거의 이루어진 현시점에도 각 진영의 정치 세력들은 아직도 이념으로 대치 중이고 그렇게 국민을 현혹하고 있는 것이다. 여기에는 지역 갈등이 깔려있으며 시간이 갈수록 세대 간 갈등도 심화되고 있다.

여기서 진보 진영의 오류를 정리해 본다.

그들은 군사정권의 장기 독재에 대항한 민주화 세력으로 많은 고초를 겪었었다. 그러나 1987년도에 직선제가 되고 여소야대가 되면서부터 그런 통제는 현격히 줄어가는데도 보수 진영에 대해 민주주의를 탄압하는 세력으로 매도하고 있다. 그래서 현재까지 각 대학 운동권 학생들을 그들의 세력으로 흡수하여 젊은 층의 많은 지지를 받고 있는 것이다. 아직도 그들의 핵심 구성원은 대학교 학생회 간부 출신의 운동권 경력이 있는 이들이다. 그리고 지역적으로는 장기 독재 시절에 전라도 출신의 유력한 대선후보를 탄압했던 기억이 남아있는 호남에서 압도적인 지지를 받고 있는 것이다. 호남 사람들은 아직도 보수 진영 후보는 영남 기반이라 안 된다고 생각하고 있기 때문에.

얼마 전에 대통령이 대통령답지 못하다고 탄핵당하여 진보 진영으로 권력이 넘어갔는데 최근에 진보 진영 핵심 인사들의 비리에 대한 검찰 수사를 그들은 음모론으로 여론을 선동하고 있는 것이다. 진보 진영의 모순은 바로 이런 정치꾼들이 정권 핵심 직위에 있다는 것이다. 자기 조직원을 보호하기 위해서는 진실마저도 진영 논리로 포장하려는 야바위꾼들이 권력을 잡고 있는 현실을 국민이 어떻게 평가할지 두고 볼 일이다.

보수 진영 정치 세력들은 32년간 군사정권 시절에 권력을 잡았던 이들이 주축이 되어 있다. 그들은 군대식 상명하복의 획일화된 방법을 선호하여 공권력을 통한 강압 통치로 인해 민주화 세력을 탄압한 전력에서 벗어나지 못하고 있다. 특히 대구·경북 지역은 그 시절 대통령들의 출신 지역으로서 이 지역 사람들은 일종의 선민의식이 있는 것 같다. 군사정권 이후에도 보수 진영에서 당선된 대통령 2명도 그 지역 출신인 것을 보면. 그래서 보수 진영 집회에서는 탄핵당한 전 대통령에 대해 억울함을 호소하며 현 정권에 대해서도 탄핵을 주장하는 이들도 있는 것이다.

그런데 이제 조금씩 국민 의식도 변해가고 있다. 청년 취업난으로 인해 진보 진영의 핵심 지지층인 20대에서 지지율이 줄어들고 있는 것이다. 이런 현상을 과거 보수 진영 때 학교 교육을 잘못 받아서 그렇다는 진보 진영 정치 세력의 주장도 있지만 그래도 나라는 갈수록 더 투명하게 밝아지고 있는 것 같다.

아울러 이제는 진보/보수의 진영 논리보다는 진실에 기초한 공정하고 투명한 정책과 행적을 보여야 국민의 폭넓은 지지를 받으리라 생각된다. 물론 시간이 좀 더 흐를 수도 있겠지만, 그래도 향후 20년 이내에는 그렇게 되리라 기대해 본다.

한 나라가 건국되면 초기에는 어수선하다가 경제가 발전한 다음부터 민주주의 체제도 공고해지는 것이다. 그 과정에 산업화 세력과 민주화 세력의 공과가 함께 존재하고 있다. 그런데 그런 나라의 역사를 전체적인 측면에서 보지 않고 자기네 진영 논리로만 주장해서는 손바닥으로 하늘을 가리는 꼴이 될 것이다.

이제 이 나라에 사는 국민이 행복해지도록 하는 것은 이념 논리가 아니라 경제 논리이다. 함께 잘 살게 하려면 보수와 진보의 개념을 모두 수용한 우익 진보 논리로 자유민주주의 체제를 준수하면서 경제 발전과 부의 공정한 재분배 방안을 동시에 논의

할 때인 것 같다.

아무쪼록 곧 그런 시기가 다가오리라는 희망을 품고 살아야 이런 혼란한 시기에도 행복하게 살아갈 수 있다는 생각을 하게 된다.

속담의 재해석

속담이란 예로부터 전해 내려오는 것으로써 삶의 교훈을 주는 비유의 방법으로 표현된 문장을 말한다. 그런데 과거와 비교할 수 없을 만큼 빠른 변화와 글로벌화된 시대에 맞지 않는 속담이 있어서 이를 살펴보고자 한다.

"개천에서 용 난다." 이 말은 어려운 환경에서 크게 출세하게 되는 경우를 의미하는 것이다. 그러나 현실적으로 몹시 어려운 환경에서 출세하는 것은 거의 불가능하다고 봐야 한다. 그러므로 개천에서 용이 될 수가 없는데 굳이 용이 되려다 보면 이무기처럼 이상한 모습이 되는 경우가 많은 것이다. 따라서 "개천에서 용이 되려면 바다로 나가야 한다."가 맞지 않을까.

"형만 한 아우 없다." 이는 경험 많은 사람이 도리에 맞게 일을 처리하는 경우를 말한다. 그러나 이는 과거 유교 문화 시대의 대가족에서 장남 또는 남자들이 가정을 이끌어가던 시절에는 적절한 표현일 수도 있었겠지만, 핵가족 시대인 현대에는 형제도 1~2명 위주에다 남녀 구별도 없으므로 시대에 맞지 않는 속담이라 하겠다.

"콩 심은 데 콩 나고 팥 심은 데 팥 난다." 이는 어떤 행동에 대한 당연한 결과가 나타나게 됨을 의미하는 것이다. 그러나 유전공학이 발전한 현대에는 콩과 함께 팥도 열릴 수 있고 콩도 수입콩처럼 DNA를 조작한 인조 콩도 있다. 따라서 "콩 심고 팥도 나게 한다."는 어떨까. 이미 현실에서는 그렇게 사는 이들도 많으니.

"낮말은 새가 듣고 밤말은 쥐가 듣는다." 이는 세상에는 비밀이 없다는 뜻으로 말을 조심해야 한다는 의미이다. 그런데 현대 도심에는 새가 거의 없고 쥐도 사라진 시대가 되었다. 대신에 곳곳에 CCTV가 설치되어 있고, 몰래카메라나 도청도 점차 늘어가고 있다. 그렇다면 "행동은 카메라에 남고 말은 녹음 장치에 남는다."가 맞는 표현 아닐까.

"말 한마디에 천 냥 빚을 갚는다." 이는 말을 공손하고 조리 있게 잘하면 어려운 일이나 불가능해 보이는 일도 해결할 수 있다는 의미이다. 그런데 현대에서 민법상 계약서에 의해 체결된 채무 관계는 말로 해결될 수 없다. 따라서 말을 잘하면 채무 관계 이행에서 융통성이 좀 더 생길 정도라 할 것이다. 그렇다면 "말 한마디가 사람 관계를 좌우할 수 있다."가 맞지 않을까.

"오늘 할 일을 내일로 미루지 마라." 이는 하루하루를 계획을 세워서 보람 있게 살아가라는 의미이다. 그런데 삶의 질이 중요시되는 오늘날에도 이 속담대로 산다면 너무 여유 없이 살아가게 될 것이다. 따라서 오늘 해야 할 일은 오늘 바로 하고, 오늘 하지 않아도 될 일은 내일 이후에 하며 살아가야 여유 있는 삶을 살아갈 수 있을 것이다. 그렇다면 "오늘 할 일만 내일로 미루지 마라."가 맞는 것 아닐까.

"사공이 많으면 배가 산으로 간다." 이는 배를 조종하는 사공이 많으면 배가 엉뚱한 곳으로 간다는 의미이다. 그런데 실제로는 배가 앞으로 나아가지 못하거나 뒤집어지게 된다. 그러니 "사공이 많으면 배가 나아가지 못한다."가 맞지 않을까. 반대로 복잡한 문제의 경우라면 각계 전문가들의 의견을 폭넓게 듣고 최선의 방법을 선택하여 최고의 결과를 얻을 수도 있다. 그런 경우라면

"사공이 많아야 배가 바다로 갈 수 있다."가 맞을 것이다.

과거에 비해 더욱 다양화되고 빠르게 발전해가는 현대에 사는 우리는 속담에 담긴 교훈도 현실에 맞게 적용해야 한다.

속담을 뒤집어 본 것과 같이 행복에 대한 개념도 현대를 살아가는 데 필요한 방향으로 바뀌어야 한다고 생각된다. 출세하는 것이 행복이 아니라 살아가는 과정에서 즐거움과 기쁨을 느끼며 사는 것이 행복이라는 것을.

아름다운 것들

사람은 아름다운 장면을 보면 행복해진다. 이는 외형적인 것과 정신적인 것으로 나누어 볼 수 있다.

외형적인 아름다움으로 먼저 어린아이 모습을 떠올려 본다.

막 태어나서 초등학교 입학 전까지의 아이들은 모두가 다 예쁘다. 아마도 세속적인 때가 묻지 않은 순진한 모습을 지니고 있기 때문이리라.

다음으로 여성의 아름다움을 들 수 있는데 갈수록 외형에 집착하는 흐름으로 인해 성형 미인도 많아지게 되었다. 이런 경향은 20대에서 시작되어 이제는 50대 이후에도 성형을 하는 여인들이 늘어나고 있다. 그러나 여인의 아름다움이 우아함에 있다고 본다면 나이가 들어가면서 주름진 얼굴에 자애로운 미소를 짓는 엄마 같은 모습이 가장 아름다운 것은 아닐까 하는 생각이 든다.

정신적인 측면에서의 아름다운 장면은 역경을 이겨낸 사람들의 이야기나 휴머니즘을 실천하며 살아가는 모습을 볼 때라고 생각된다.

사람들은 장애를 딛고 훌륭한 연주를 하게 된 음악가를 보고 감동한다. 아마도 자신들보다 더 어려운 환경을 이겨낸 그를 보고 자신들도 희망을 가질 수 있어서인지.

또한, 사람들은 무명 생활을 오래 하다가 마침내 스타가 된 연예인을 보면 진심 어린 격려의 박수를 보낸다. 자신들도 평범하게 살고 있다고 공감하면서.

나아가서는 사회적으로 어려운 처지에 있는 사람을 돕는 일을 하는 사람들에게 찬사를 보낸다. 중증 외상 환자들의 치료를 전담하고 있는 의료진들, 기부활동을 하며 살아가는 이들, 남의 자식을 입양하여 자신들이 가슴으로 낳은 자식으로 여기며 기른 부모들 등. 이들을 보며 사람들은 자신들이 주어진 삶에 급급해서 하지 못하고 있는 휴머니즘을 실천하는 모습에 감사한 마음으로 박수를 쳐주는 것이다.

돌이켜보니 아름다운 것들은 살아가면서 많이 볼 수 있었다. 단지 현실의 삶에 집착하는 만큼 그런 장면을 보지 못했던 것이다.

어린 자녀에 대한 부모의 지극한 사랑, 남녀 간의 순수한 사랑, 친구 간의 진정한 우정, 스승의 제자에 대한 사랑 등은 각자의 삶에서 느낄 수 있는 것이었다.

사회적으로도 과거나 현대에 이르기까지 인간 승리의 삶이나 어려운 이웃에 대한 기부를 생활화하는 이들은 항상 있었다. 단지 마음의 여유가 없어서 제대로 보려고 하지 않았기 때문에 기억이 나지 않는 것뿐이리라.

현재의 삶을 부정적으로 보거나 현실의 이익에만 집착한다면 아름다운 것들이 보이지 않는다. 행복하게 살아가려면 아름다운 것들을 보며 자신들이 가진 불행한 요소들을 떨쳐내야 한다.

외형적인 아름다움은 보는 순간에는 마음이 편안해지나 오래가지는 않는다.

반면에 정신적으로 아름다운 것들은 가슴속에 오래도록 남게 된다. 그렇기에 휴머니즘의 실천 사례들을 자주 보며 자신도 동참한다면 아마도 오래도록 행복하게 살아가게 되지 않을까 하는 생각이 든다.

떠난 후에 남겨지는 것들

사람은 누구나 때가 되면 죽는다. 이후 유족들에 의해 장례식이 치러지고 화장하거나 매장되는 것으로 외형적인 절차가 끝난다. 죽은 이의 사회적인 모든 관계는 끝이 나는 것이다. 그런데 떠난 후에도 남겨지는 것들이 있다.

이에 죽은 이들의 유품을 정리해 온 어느 유품 관리사의 글과 함께 필자가 느낀 것들을 정리해 본다.

부모 중 한 사람이 먼저 떠나고 홀로 되어 나중에 떠난 경우에 해당 유품은 거의 유품 관리사가 정리한다. 그가 쓴 글에서 본 몇 가지 사례가 필자의 기억에 강하게 남아있다.

홀로 된 노인이 죽은 현장에는 개나 고양이 등이 있었다. 아마도 자식 대신 외로움을 달래줄 대상으로 함께 살았나 보다. 그래서 반려동물이라는 용어가 생겼다는 것을 알게 되었고 현재까지 반려동물에 대해 생각하지 않았던 필자도 나중에 홀로 되면 그들의 도움이 필요하지 않겠나 하는 생각이 들었다.

유품 정리사가 유품을 정리하던 중에 찾아온 유족들은 대개 남은 재산이 있는지만을 확인하는 경우가 많았고, 떠난 이의 영정 사진조차도 찾지 않는 경우가 많았다. 심한 경우에는 시신을 인수하는 것조차 거부해서 의대 해부학 실습용으로 사용되고 화장되는 사례도 있었다.

필자가 주변을 돌아보니 장례식을 치르는 유가족의 유형이 떠올랐다.

고인이 재산을 많이 남긴 채 유족들에게 제대로 물려주지 않고 떠난 경우에는 반드시 형제간에 재산 싸움이 일어나고 이후 서로 안 보고 지내게 되는 경우가 많았다. 그런데 재산이 없는 이가 떠난 경우는 유족들이 아무 미련 없이 고인을 떠나보내는 것이었다.

재산 말고도 남겨지는 것이 있었다. 떠난 이가 자식들에게 마음의 상처를 준 경우라면 장례식에도 오지 않거나 장례식을 치른 후에 묘역이 아니라 강물에 뿌려버리겠다고 하기도 했던 것이다. 묘를 차리는 것, 제사를 지내는 것 등을 하고 싶지 않다는 뜻이다.

반대로 자식에게 정신적인 기둥이 되었던 경우라면 떠난 이후에도 자식들이 정성껏 제사를 지내고, 살아가면서 힘들 때마다 묘지에 찾아가게 된다.

이렇게 떠난 후에도 자식들에게 남겨놓고 가는 것이 있었던 것이다.

사계절의 섭리

과거 농경 시절에는 봄에 씨를 뿌려 새싹이 돋아나고 여름에는 꽃을 피우며 가을에 수확하여 겨울을 지냈다. 이러한 사계절의 섭리가 인생과 유사한 것 같아서 정리해 보았다.

태어나서 취업 전까지의 시기를 인생의 봄이라 볼 수 있다. 이 시기에 사람은 잉태되어 새싹처럼 자란다. 어느 터에 어떤 씨앗이 뿌려졌는가에 따라서 이미 그 결과를 예측할 수 있다 하겠다. 다만 자라면서 재해로 인해 성장의 차이가 다소 있을 수는 있으나 최고로 성장하는 한계는 이미 정해졌다고도 볼 수 있는 것이다.

사람도 이 시기에 잘 자라야 한다. 부모의 터는 정해졌어도 이후 학교는 하나의 이식 과정이라 할 정도로 중요한 영향을 미치는 것이다. 그래선지 요즈음엔 그리도 부모 찬스를 활용하는 사례가 많아졌나 보다.

여름에는 곡식이 한참 자라는 시기이다. 인생으로 보면 취업하여 퇴직 전까지로 볼 수 있다. 이 시기에는 많은 변화가 있다. 여름의 날씨가 그러하듯이 무더위가 계속되다가 태풍이 불기도 한다. 직장생활을 시작하여 결혼하고 부모가 되어서 퇴직할 때까지 쉴 새 없이 살아가게 된다. 부귀영화와 산전수전도 경험하게 된다. 열정을 갖고 살아가다가 초가을의 한기를 느끼면서 직장을 나오게 된다.

가을은 수확을 하는 시기이다. 인생의 경우에는 퇴직하여 제2의 삶을 개척하는 시기이다. 퇴직하며 퇴직금이나 연금 등을 수확하지만 이전 삶의 경제적·사회적 수준보다는 낮은 삶을 살아가게 된다. 자식 농사도 마무리되어 출가를 시키고 부모도 떠나보내며 부부 두 사람만 남아서 살아가게 된다. 어떤 부부들은 헤어져 다른 짝을 만나거나 홀로 지내기도 한다. 이 모든 것이 여름까지의 실적에 대한 결과물이기도 한 것이다. 그렇지만 이 시기에 사람들은 가을 단풍처럼 인생의 아름다움을 알고 자신의 취향대로 살아가게 된다.

겨울에는 날씨가 추워서 그간 수확한 것으로 지낸다. 인생도 말년에는 기력이 떨어져 더 이상 경제 활동을 할 수가 없어서 갖고 있는 재산으로 여생을 보낸다. 겨울나무처럼 몸무게도 줄고 머리털이나 치아 등 신체의 일부가 빠져나간다. 찾아오는 이들도 줄고 점차 홀로 남게 된다.

우리 인생이 사계절의 섭리와 같다고 보면 그것에 순응하며 살아가는 것이 행복하지 않을까 싶다.

계절의 섭리에 어긋나게 살면 본인은 물론이고 주변 사람들에게도 피해를 주게 된다. 공부할 시기인 봄에 여름처럼 놀거나 돈 벌려고 하면 이도 저도 안 될 것이다. 직장생활을 할 시기에 아직도 봄인 것처럼 공부만 하겠다고 해도 문제이고 제2의 삶을 개척할 시기에 여름에 누렸던 영화에서 벗어나지 못하면 삶이 피폐해질 것이다. 또한, 마음을 내려놓아야 할 겨울에 무언가를 욕심내며 산다면 떠나는 시점에 추해지기만 더할 것이다.

그러하니 봄에는 새싹을 잘 틔우기 위해 열심히 공부하되 주변을 돌아보며 안목을 넓히고,

여름에는 열정적으로 일하되 여러 가지 재해에 대해 대비하며 살아가며,

가을에는 삶에 대한 의미를 깨달아 자신에게 맞게 살아가고,

겨울에는 모든 욕망을 내려놓고 여유롭게 마무리하며 산다면 그 과정들이 행복하지 않겠는가.

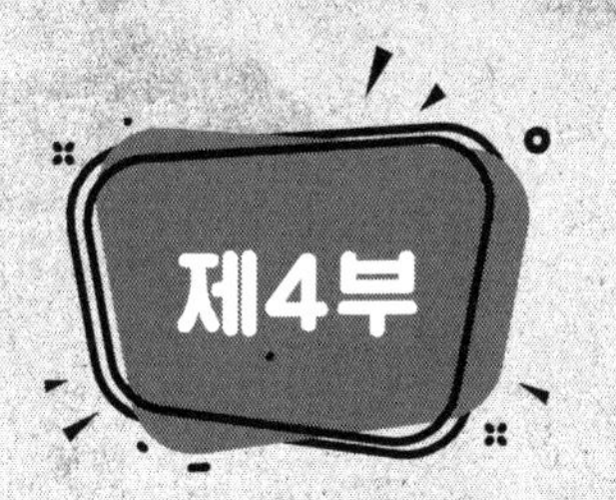

제4부

행복하게 살아가기

행복하게 살아간다는 것은 살아가는 과정마다 행복을 느끼며 살아가는 것이다.

그래서 먼저 인간의 일생에서 단계별로 행복하게 살아가기 위한 방법과 자신에게 맞는 삶을 찾아갈 수 있도록 거듭나는 방법들을 찾아보았다.

그리고 행복한 삶을 살아가는 데 도움이 되는 여가활동과 행복에 영향을 주는 희로애락의 감정을 어떻게 조절할 것인지 돌아보고, 행복감이 지속적으로 느껴지는 베푸는 사랑에 관해 생각해 보았다.

늘 행복하게 살아가려면

행복에 대한 생각은 인생을 살아가면서 바뀌게 된다. 그래서 인생 단계별로 행복하려면 무엇에 가치를 두고 살아가야 하는지 정리해 보았다.

태어나서 취업 전까지를 인간이 길들여지는 시기라 하였다. 이 시기에는 독립적으로 살아갈 능력이 안 되기 때문에 부모나 선생님 등 주변 환경의 영향을 받으며 살아가게 된다. 대부분의 사람은 이때 공부를 잘하여 좋은 직장에 취직해야 기뻐하는 부모를 보고 자신의 도리를 다한 것으로 생각하게 된다. 그러나 대학 진학 후 전공이 맞지 않거나 취업 후에도 자신의 적성에 맞지 않는 직장이라면 결국 도중에 스트레스가 쌓여 그만두고 다른 길을 찾게 된다. 그럴수록 행복은 멀어지고 고생만 더해가는 것이다.

따라서 행복하게 살아가려면 학창 시절에 공부만 하는 것보다는 친구 간의 우정도 맺고 여러 분야에 대한 식견을 쌓아서 자신의 적성에 맞는 분야를 찾아 그에 맞는 미래를 설계하여 준비해야 하는 것이다.

공부 이외에 예체능 분야나 전문직, 개인사업 등에 대해 중고교 시절에 자신의 적성에 맞는 것을 찾게 된다면 그만큼 여유롭게 살아갈 수 있을 것이다.

아울러 무조건 부모의 지시만 따를 것이 아니라 자신의 적성에 맞지 않는다고 느끼면 자신의 의사를 정확하게 말하고 부모와 상의하여 결정하는 것이 좋을 것이다. 이때 자신과 상반된 부모의 의견을 끝내 따를 수 없는 경우에는 자신의 판단대로 살아가는 것도 괜찮을 것이다. 결국 자신의 인생은 자기 몫이고 자기 책임이니까.

직장에 취업하여 정년퇴직할 시점까지를 세속화되는 시기라 하였다.

이 시기에 직장을 선택할 때는 자신의 적성에 맞는지를 판단한 다음 근무 여건이 자신의 인생관과 맞는지도 고려해야 한다. 즉, 자신이 출세를 우선한다면 근무시간보다는 승진 제도만 보면 되지만, 여가시간도 중요시한다면 근로 시간이 여유 있는지를 고려해야 할 것이다.

이후 배우자를 선택할 때는 자신과 가치관이 맞는지를 정확히 따져봐야 한다. 이는 결혼 후 부를 축적해 가는 과정과 가족 행사 동참, 자녀 출산 등 부부가 함께해 나가야 할 부분에 대한 생각을 사전에 정확히 알고 어느 정도 비슷하거나 서로 합의해 나갈 범위에 있는 경우라야 결혼 후 벌어지는 갈등을 해소해나갈 수 있기 때문이다.

퇴직 후 재취업하여 생활하는 시기를 제2의 삶 개척 시기라 하였다.

이 시기에는 자신의 삶에 대해 무엇이 잘되고 잘못되었는지 되돌아보며 자신의 정체성이 무엇인지를 깨달아 자신에게 맞는 목표를 재설정해야 한다. 그리고 퇴직한 자신의 상황과 인생 목표를 고려하여 제2의 일거리를 찾아야 한다. 이 시기의 일자리는 금전적인 부분보다 근무 여건이 중요하며 가급적 오래 근무할 수 있는 직업이 좋을 것이다.

70대에 들어서 더 이상 직장생활을 할 수 없는 시기를 노년기로 본다면 이 시기에는 남은 재산이나 연금으로 살아가는데, 소일거리가 있어야 건강하게 늙어갈 수 있다.

직장생활이 아닌 사회활동으로는 친구 만나기, 동호회 활동,

개인 취미 활동, 봉사활동 등이 있다. 이 시기부터 친구들이 하나둘씩 세상을 떠나게 되므로 친구들 외에도 각종 동호회에 참가하는 것도 좋고 개인적으로 즐길 수 있는 취미활동도 좋을 것이다. 여기에 더해서 사회적으로 봉사활동을 할 수 있는 능력이 된다면 남은 인생이 더욱 보람될 수 있을 것이다.

행복하게 살아가는 것이 중요한 것이다. 무조건 공부를 잘해야 하고, 좋은 대학을 나와 좋은 직장에 취직해서 결혼하고 좋은 집을 사서 부를 축적해 나가는 것만 행복으로 보면 살아가는 과정이 행복한 순간보다는 불행한 시간들이 훨씬 많을 것이다.

그렇다면 남들이 그렇게 사는 것 같다고 따라가는 것보다는 앞서 언급한 대로 인생의 단계별로 여유 있게 살아가는 것이 행복하게 살아가는 제일 쉬운 방법이 아닐까 생각한다.

거듭나기

행복하게 산다는 것은 자신에게 맞는 일을 즐겁게 하며 살아가는 것이다. 자신에게 맞는 일을 찾으려면 자신에게 어떤 특성이 있는지를 정확히 알아야 한다. 이를 위해 각자 자신의 현재 위치에서 무엇이 길들여진 것인지를 찾아내기 위해 자신의 인생 단계별로 영향을 미친 사람과의 관계를 따져보아야 할 것이다.

먼저 어릴 적부터 부모에게 길들여진 것이 무엇인지를 알아야 한다. 부모가 시키는 대로 했으나 자신이 따르기 힘들었던 것이 무엇이고 그 이유가 무엇인지를 알게 되면 자신에게 맞는 것을 찾게 될 것이다. 자신에게 맞는 것이란 자신이 즐겁게 할 수 있는 것이라 하겠다.

그 외에도 자신의 인생에 영향을 주었던 이들이 누구인지를 알아보고 왜 자신에게 도움이 안 되었는지를 깨달아서 관계를 정리해야 한다. 만날 사람과 그럴 필요가 없는 사람, 만나도 사업 관계인지 아니면 친구 관계인지를 구분하여 상대해야 잘못된 관계에서 오는 불행을 예방할 수 있는 것이다.

결혼 이후에는 어떤 이유로 스트레스를 받고 살아왔는지, 그것은 왜 해소가 안 되고 계속되고 있는지를 알아내야 한다. 그래서 결혼 생활이 자신에게 도움이 안 된다고 판단되면 각자의 삶을 살아가는 방법도 괜찮을 것이다.

여기서 가장 벗어나기 어려운 것이 부모가 자식에게서 벗어나는 것이다. 자식은 성장하여 가정을 갖고 독립하여 살아갈 능력이 되면 부모에게서 벗어나게 되지만, 부모는 자식이 성장하더라도 자신의 분신이거나 자신의 삶을 희생하며 키운 자식이라는 집착을 떨치지 못해 계속해서 자식의 뒷바라지를 하거나 자식에게 실망하며 힘들게 살아가게 된다.

따라서 자식의 인생에 너무 깊이 관여하려는 마음을 거두고 자식이 성인이 될 때까지만 도와준다는 생각만 하면 자식을 키우는 과정에서의 즐거움이 더해질 것이다.

그렇게 성장한 자식은 독립적인 삶을 살아갈 것이고 부모는 그저 자식이 스스로 살아가는 것을 지켜보기만 하면 되는 것이다.

이제 더 이상 부모 때문에 맞지 않는 직장에 취직하여 부모가 골라주는 배우자와 결혼하던 시대는 지났다. 결혼한 배우자와 함께 사는 것이 서로에게 고통인 데도 부모나 자식 때문에 참고 사는 시대도 아니다.

따라서 부모의 존재 가치는 자식이 스스로 살아가다가 곤란한 일이 생겼을 때 자문을 구하면 상담해주는 정도로 생각하면 되는 것이다.

이렇게 부모가 자신들의 삶을 행복하게 살아가면서 자식에게 기본적인 도리를 하는 정도로 충분하다고 생각하면 서로에게 실망하거나 서운함도 없게 될 것이다. 그저 잘되면 좋아하는 관계 정도면 충분한 것 아닐까.

거듭나려면 남들 따라 살아왔던 것이 무엇인지, 왜 그렇게 살아왔는지, 누구로부터 그렇게 길들여졌는지를 찾아내야 한다. 그래야 자신을 길들였던 그들로부터 벗어나 자신의 정체를 제대로 알게 되어 자기가 진정 좋아하는 일을 하며 행복하게 살아갈 수 있는 것이다.

즐거운 여가생활

가장 행복한 삶은 현재 해야 하는 일을 즐겁게 할 수 있을 때일 것이다.

즉, 먹고살기 위해 하는 일이 즐겁다면 행복하게 살아가는 것이라 하겠다. 그러나 그 일이 즐겁지 않다면 여가시간을 즐겁게 보내야 일로 인한 스트레스가 해소될 수 있을 것이다.

여기서 자신의 삶을 즐겁게 살아가기 위한 여가생활에 대해 살펴보고자 한다.

사람마다 좋아하는 것들이 있다. 따라서 일률적으로 적용할 수 없고 직업에 따라 자신에게 맞는 여가활동을 정하는 것이다. 먹고살기 위해 일을 하며 받은 피로를 해소하는 것은 각자의 근무 여건에 따라서 다르기 때문이다.

머리를 많이 쓰는 직종에서 일하는 사람들은 통상 독한 술과 담배로 스트레스를 푸는 경향이 있다. 아마도 정신적인 스트레스를 순간이나마 잊고 싶은 욕구가 있기 때문일 것이다. 창작 활동을 주업으로 하는 경우에도 이런 현상이 나타난다. 그러다 몸에 무리가 되어 의사로부터 "더 이상 지속하면 건강에 치명적인 장애가 올 수 있다."라는 최종 진단을 받으면 그때서야 자제하지만, 이미 몸은 망가져 버린 상태가 되어 있는 것이다

그래서 직업에서 오는 스트레스를 해소하면서도 육체적으로나 정신적으로 도움이 되는 여가활동이 필요한 것이다.

정신적인 스트레스가 심한 직업인 경우 단순한 취미를 갖는 것이 좋을 수 있다. 산이나 바다 등 자연경관을 바라보거나, 좋아하는 영화나 음악을 듣거나 운동 경기를 하거나 관람하는 것 등이 도움이 될 것이다. 그런 목적으로 등산이나 낚시 등을 즐기는 동호인들이 늘어나고 각종 스포츠나 영화 등에 대한 관심이 늘어나고 있는 것이리라.

육체적으로 힘든 일을 하는 이들은 육체적 고통을 덜기 위해 술을 마시며 스트레스를 풀기도 한다. 그러나 이 또한 점차 신체상의 문제를 야기하게 된다. 그래서 이런 경우에는 좋은 음식을 먹고 푹 자거나 좋아하는 것을 보거나 들으며 편안하게 쉬는 것이 좋으리라.

서비스 업종에 근무하는 이들은 엄청난 갑질에 시달리게 된다. 이런 경우 자신도 똑같이 갑질을 하고 싶어지는 욕구가 쌓인다. 그러다 쌓인 스트레스를 참지 못하고 한순간에 큰 실수를 범해 엄청난 대가를 치르기도 한다. 따라서 이런 업종에 근무하는 이들은 여가시간에 자신이 주인이 되는 시간을 보내는 것이 좋은데 가급적 소리를 지를 수 있는 것이면 효과적일 것이다. 노래를 부르거나 프로 야구 경기를 관람하며 소리치며 응원하면 정신적으로 쌓인 스트레스가 해소되리라 생각된다.

평범하게 살고 있으나 존중받지 못하고 사는 이들은 뭔가 항상 불만족스러운 감정이 쌓여있게 된다. 그런 이들은 자신의 존재를 인정받을 수 있는 분야를 찾아 동호회 활동을 하면 해소되리라 생각된다. 자신이 좋아하고 잘할 수 있는 분야에서 활동하면 우월감을 느낄 수 있고, 그 분야에 관심이 있는 이들과의 교류를 통해 자신의 존재감도 확인하게 되니 평상시에 결핍되었던 인정 욕구가 채워질 수 있을 것이다.

봉사활동을 여가활동으로 보는 것에 대해서는 각자 의견이 다를 수 있다. 필자도 그에 대해 확신을 갖지 못하다가 인생 6학년

즈음이 되니 어쩌면 봉사활동이 가장 큰 여가활동이 될 수 있다는 생각이 들었다. 아무 조건 없이 남을 도운 이후에는 가슴 속에 뿌듯함이 느껴지기 때문이리라.

남을 돕는 것은 돈이나 물품 등을 기부하거나 연탄 배달 같은 육체적으로 하는 것 등 자신의 여건에 맞게 여러 가지 방법으로 할 수 있다. 여기에 특별한 자격이나 조건이 있는 것도 아니다. 따라서 언제든지 자신의 선택에 의해 할 수 있는 것이다.

봉사활동을 하고 나면 자신이 인간사회를 위해 조금이나마 도움이 되는 역할을 했다는 자긍심이 들게 되고 자신의 행동에 고마워하는 사람들의 반응을 접하게 되면 자신도 행복해지는 치유를 받게 된다는 것을 체험하게 된다. 그런 측면에서 보면 봉사활동은 최고의 여가생활이 아닌가 하는 생각이 든다.

봉사활동이 남을 돕는 것이지만, 결과적으로 본인들도 자긍심을 느끼게 되므로 살아가는 동안 받았던 스트레스가 해소되는 최선의 방법이 될 수 있을 것이다.

아마도 그런 체험을 한 이들이 틈나면 봉사활동을 하는가 보다. 그들은 봉사활동이 최고의 여가활동임을 알았기 때문이리라.

희로애락 조절

희로애락이란 사람이 살아가면서 느끼는 기쁨, 노여움, 슬픔, 즐거움을 말한다. 사람이 행복하게 살아가려면 기쁨과 즐거움을 느끼며 살아가고 노여움과 슬픔에서는 벗어나면 될 것이다. 그런데 이 네 가지 감정은 사람이라면 누구나 가진 것이기에 행복하게 살아가기 위해 어떻게 이런 감정을 조절할 수 있을까 하는 생각을 해 보았다.

기쁨이란 행위의 결과로 욕구가 충족되었을 때 행복한 느낌을 받는 것을 말하며 즐거움이란 행위를 하는 과정에서 느끼는 행복을 말한다.

일을 해서 급여를 받았을 때 기쁘고 더 열심히 일을 해서 급여가 올랐을 때 기쁨이 더해지는 것이다. 그 과정이 즐거울 수도 있지만, 너무 기쁨만 좇다 보면 즐거움보다는 괴로움이 더 늘어날 수도 있다. 그래서 과정이 즐거울 수 있는 기쁨을 향해 살아가야 하고, 기쁨이 없는 즐거움만 추구해서도 안 될 것이다.

슬픔이란 자신이 사랑했던 이들에게 변고가 있을 때 좌절감이나 실망감이 드는 감정을 뜻하는 것이다. 남에게 의존하는 마음이 강한 이들은 자신의 삶을 비관하여 스스로 슬픔을 안고 살아가는 경우도 있다. 이런 슬픔에 비해 노여움은 어떤 상대가 자신이 옳다고 생각하는 대로 반응을 보이지 않았을 때 느끼는 감정으로 이는 자신의 주관이 강한 사람이 느끼게 되는 감정이다. 이런 슬픔과 노여움은 사람이 행복하게 살아가는 것을 가로막는 장애물이 된다. 따라서 이런 감정을 적절히 조절할 수만 있다면 우리의 삶을 좀 더 행복하게 살아갈 수 있을 것이다.

그래서 어떻게 이러한 감정을 조절할 수 있을지 생각해 보았다.

기쁨과 즐거움은 행복하게 살아가는 데 필요하지만, 이에 대한 집착이 강할수록 슬픔과 노여움도 커질 수 있다. 그러므로 기쁨과 즐거움을 추구하지만, 인간이 살아가는 데 반드시 겪어야 하는 슬픔과 노여움도 있다는 것을 알고 의연하게 살아가야 하는 것이다. 모든 인간에게는 각자 공평하게 행복한 부분과 불행한 부분이 똑같이 주어진다는 것을 잊지 말고.

아울러 희로애락의 감정도 어쩌면 사람이 태어나서 취업 전까지 길들여지며 결정되는지도 모른다. 사람마다 희로애락을 느끼는 대상이 다르기 때문이다. 돈으로 길들여진 이들은 사람 간의 관계보다 경제적 득실에 따라 희로애락이 정해지기도 하고 권력으로 길들여진 사람은 늙어서까지도 정치판을 기웃거리며 살아가기도 한다.

따라서 자신이 희로애락을 느끼는 감정이 무엇인지, 왜 그리 느꼈는지를 깨달아 누구에게 길들여진 것이 아니라 자기 스스로 느끼는 희로애락의 감정을 찾아 기쁨을 위해 즐겁게 살아가고 그 과정에서 겪는 슬픔과 노여움이 생긴 이유를 찾아서 벗어난다면 행복하게 살아갈 수 있을 것이다.

행복하게 살아가기 위해 우리는 함께 살아가는 이들이 좋아하는 기쁨을 추구하며 살아간다. 이 과정을 즐겁게 하기 위해 적성에 맞는 일을 찾아서 하는 것이고 그렇지 않은 경우에는 여가생활이 필요한 것이다.

슬픈 감정은 태어나서부터 사람 간의 유대관계 속에서 느껴지는 것으로 자신에게만 슬픔이 오는 것이 아니라 모든 사람이 겪게 된다는 것을 깨달아 순리대로 받아들이면 극복할 수 있을 것이다.

노여움은 자신의 주관적인 생각에서 기인하는 것이니 사람마다 생각이 다를 수 있다는 것을 이해하면 쉽게 벗어날 수 있을 것이다.

이런 슬픔이나 노여움은 갖고 있는 시간만큼 자신이나 주변 사람들에게도 불행한 시간이 지속된다는 것을 명심하여 빨리 벗어나야 한다.

이럴 때 자신이 기쁨을 향해 걸어가고 있는지 돌아보고, 즐겁게 살아갈 방법들을 찾아간다면 이런 불행의 시간에서 빨리 벗어날 수 있을 것이다.

결국 각자의 삶의 주인은 자신이고, 행복하게 살아가야 할 권리와 의무도 자신의 몫이기 때문이다.

사랑 베풀기

지금껏 행복하게 살아가기 위한 방법들을 살펴보았다. 그런데 그중에서도 가장 손쉬운 방법이 사랑을 베풀며 살아가는 것이 아닐까 생각한다. 사람은 사람 간의 관계에서 태어나 사람들 속에서 살아가기 때문에 행복을 느끼게 되는 주된 원인도 사람 간의 관계에서 비롯된다. 따라서 자신이 행복하기 위해 사랑하는 마음으로 베풀며 산다면 자기 스스로 자긍심도 생기고 사랑을 준 사람들로부터도 되돌려 받기도 하기에 행복한 삶이 더 넓어지고 오래 지속할 수 있을 것이다.

이렇게 살아가며 사랑을 베푸는 방법에 대해 정리해 본다.

옛 속담에 "세 살 버릇 여든까지 간다."라는 말이 있다. 이는 버릇이 잘 바뀌지 않는다는 뜻이다. 사랑을 베푸는 것도 어릴 적부터 습관이 든다면 행복하게 살아가기 위한 가장 큰 자산을 쌓는 것이 아닐까 싶다.

취업 전까지 길들여지는 시기에 남보다 더 나은 삶만을 추구하는 습관이 든 사람이라면 사람을 서로 사랑하는 대상보다는 경쟁 상대나 적으로 간주하여 살아가게 되어 말년에는 자신이 만들어놓은 적에게 행복을 빼앗기며 살아가게 된다.

반면에 사랑을 베풀며 살아가는 이들은 재산이 많지 않아도 가족이나 이웃 간에 서로 화목하게 살아간다.

사랑을 베푸는 순서는 가장 가깝게 살아가는 이들에게 먼저 해야 할 것이다.

결혼 전에 부모, 그리고 형제, 친구 등의 순서라면 결혼 이후에는 부부간의 사랑이 우선이 되어 자식에게 사랑을 베풀어야 한다. 그러다 부모가 늙으면 자식이 그 부모를 돌보아야 한다. 그래야 자신들의 자식들도 자연스럽게 사랑을 베풀게 되는 것이다.

부모 입장에서는 자식들에게 자신의 방식대로 자식들의 삶을 간섭하지 않아야 한다. 세상을 떠날 때까지 자식들의 삶에 부담을 주지 않도록 노력해야 한다. 그리고 떠난 후에 자식들에게 남는 것은 사랑받았던 마음이라는 것을 명심하여 부모로서 줄 수 있는 사랑을 모두 주고 가야 할 것이다. 혹시 이전에 상처받은 마음까지도 치유받을 수 있도록.

가족 간의 사랑 이외에도 살아가면서 만나는 이웃에게도 사랑을 베푸는 것은 인간이 사람 간의 관계 속에서 살아가게 되기 때문에 필요한 것이다.

또한, 부모가 되어서 많은 사람에게 덕을 쌓을수록 자신의 자손들에게 덕이 되어 돌아가기도 한다. 사랑을 받았던 사람들 중에는 언젠가 반드시 자신의 자식들에게 그 사랑을 돌려주는 사람이 있기 때문이다.

사랑을 베푸는 것은 돈으로만 가능한 것은 아니다. 금전적인 기부 말고도 행동으로 할 수 있는 일들이 많다. 또한, 살아가면서 일상생활 속에서도 행할 수 있는 것이 많다. 예를 들어, 노인이나 아기 엄마가 무거운 짐을 들고 가는데 이를 도와주거나 길을 물어보는 이들에게 친절하게 알려주는 것 등은 살아가면서 자주 접하며 행할 수 있는 것이다.

또한 늙어갈수록 베풀 수 있는 것들이 더 많아진다. 예전처럼 나이를 더 먹었다고 대우를 받으려 하거나 갑질을 하려고 하지 말고 젊은이들에게 친절하게 예의를 지키며 대한다면 그것만으로도 젊은이들에게 나이 든 어른에게 존중받았다는 행복감을 줄 수 있는 것이다.

인생을 아는 만큼 행복도 불행도 커지게 된다. 그래서 나이가 들수록 커지는 불행을 보고 자신이 가진 행복이 잘 보이지 않게 되는 것이다.

그러나 불행한 면은 어린아이같이 운명적으로 단순하게 받아들이고 행복한 면에 감사하게 생각하고 주변 사람들과 함께 나누어 간다면 행복이 더 커지고 오래가지 않을까 하는 생각이 든다.

모든 인간에게 반반씩 주어진 행복과 불행을 바라보는 주체는 바로 나 자신이니까.

책을 쓰고 나서

사람이 살아가는 가장 큰 의미는 행복하게 살아가는 것이라고 생각한다.

그런데 인간은 태어나면서부터 행복이 부귀영화를 누리는 것인 줄로 잘못 길들여져 살아가다 좌절하며 스스로 불행하게 살아가는 경우가 많다. 그러다 나이가 들어 인생의 전환점을 맞아서는 행복이란 것은 살아가면서 항상 자신의 주변에 있었다는 것을 알게 되며 자신에게 맞는 삶을 찾아 여유롭게 살아가게 된다.

그러나 적지 않은 사람들이 죽을 때까지 이 사실을 알지 못하고 떠나기도 한다. 그런 이들은 돈과 권력만 좇다 가기에 갈수록 찌그러지는 자신의 모습을 알지 못한 채 떠나게 되고 떠난 이후에도 주변 사람들에게 많은 상처를 남기게 되는 것이다. 그 또한 자신의 운명이기도 하지만.

그래서 모든 독자가 필자가 정리해 본 글들을 읽으며 자신에게 주어진 행복을 찾아서 보다 더 여유로운 삶을 살아가기를 기대해 본다.

돌이켜보니 필자 또한 길들여진 대로 살았다. 그래서 주어진 삶에서 살아갈 수밖에 없는 길을 걸어온 것이다.

초등학교 5년 때 모친이 떠난 이후 경제적으로 어려워져 대학은 국비로 가는 사관학교에 갈 수밖에 없었다. 그래서 당시 대학 지원서 가격이 사립대학의 1/20밖에 안 되는 가격인 500원으로 접수했고 운 좋게 한 번에 합격하여 직업군인의 길을 걷게 되었다.

그렇게 군 생활을 하며 남들보다 출세했다고 볼 수는 없으나 전역 후 군인 연금으로 어렵지는 않게 생활하고 있다. 그러나 부친상을 치른 후 이혼을 하게 되었고 뜻하지 않게 재혼하게 되었다. 어릴 적에 전혀 상상하지 못했던 일이 벌어진 것이다. 이혼과 재혼의 아픔을 처절하게 느껴 보며 부부가 동반자로 함께 살아가는 것이 무엇인지 깨닫게 된 것이다.

그리고 전역 후 노무사 자격시험에 실패하고 적당한 직장에 재취업도 쉽지 않아 이곳저곳에 다녀보기도 했다. 그러다 어느 한 빌딩의 관리소장으로 근무하게 되었다. 전역 후 사회생활을 하게 된 지 10년이 되어 가면서 이제 마지막 직장이라는 생각으로 이전보다는 조금 여유를 갖고 살아가게 된 것이다.

돌아보니 초등학교 때 모친을 여의며 화목한 가정에 대한 갈증이 심했으나 그런 삶은 내게 없다는 것을 깨닫게 되었다. 가정 형편으로 시작된 직업군인의 삶은 필자에게 맞지 않는 것 같았지만, 되돌아보니 그곳에서 베풀며 살아갈 수 있었던 행복한 순간들도 많았음을 알게 되었다. 오히려 남들이 최고로 출세했다고 하는 사법고시를 통해 법조인이 되어 법 논리로만 살아가는 것이 내게 맞지 않는다는 것을 알게 된 것이다.

몇 년 전, 어릴 적에 모친이 떠난 후 중학교 1학년 때부터 살림하며 학교에 다녔던 하나밖에 없는 두 살 위 누이가 스스로 목숨을 끊었다. 한동안 삶에 대한 허무감과 자책감이 심하게 밀려왔다. 그러다 내 행복을 위해 그녀를 그만 내려놓아야 한다는 생각이 들었다. 그녀는 그녀대로 길들여진 채로 살다가 떠났다는 것을 받아들이면서.

자식도 하나밖에 없는 아들이 서른이 넘어서도 아직 제대로 된 사회생활을 못 하고 있는 것 같아 안타깝기만 하다. 그러나 그 또한 그 아이의 삶으로 받아들여야 내 삶이 평안해진다는 것을 알게 되었다. 그 또한 운명일 수도 있다고 생각하면서.

그러자 나 자신의 삶이 조금씩 이해가 되었고 현실이 순리대로 받아들여졌다. 그리고 나 자신의 삶에서 남들보다 나았던 것들이 보이기 시작했다.

초등학교 시절에 너무 일찍 엄마와 헤어졌으나 2남 1녀의 막내로 태어나 가장 강력한 모정을 받아서 사람들을 사랑하는 마음으로 살 수 있었던 것, 돈이 없어 사관학교를 나와 직업군인의 생활을 하게 되었지만 궁핍하게 살지 않고 베풀며 살 수 있었던 것, 그리고 현재도 사람들을 사랑하며 살아가고 싶은 마음이 있는 것이 내게 가장 큰 행복임을 알게 된 것이다.

그래서 앞으로 가을 단풍의 조화도 바라보고
젊은이들에게 어른의 사랑을 베풀며
아름답게 늙어가는 노년의 삶을 그려 가고자 한다.
그렇게 살아가는 것이 내게 맞는 행복이란 걸 알았으니.